Jan Peter Bremer

Nachhausekommen

PIPER

Zu diesem Buch

»Alles, was ich an Anekdotischem aus den Gesprächen aufschnappte, die mein Vater und seine drei Künstlerkollegen führten, erschien mir als so wild und frei, so verrückt und verzaubert, dass ich mir Berlin darum wie eine Traumlandschaft baute, in der die Häuser nach Belieben ihre Plätze wechselten und die Bürgersteige durch sie hindurchführten und man von Menschen angesprochen wurde, die, wenn sie nicht sowieso auf dem Kopf standen, unmöglich schief an der Wand lehnten. Natürlich wusste ich, dass es nicht so war, aber gleichzeitig wusste ich, dass man es entdecken konnte. Nur war das schwer möglich, weil wir, obwohl noch so gut wie alle Kontakte dorthin verwiesen, fast nie nach Berlin fuhren. Es war einfach zu schön bei uns.«
In einer großen Erinnerungsbewegung schildert Jan Peter Bremer eine Kindheit auf dem Land, eine literarisch meisterhaft erzählte und tragikomisch-berührende Geschichte.

Jan Peter Bremer, 1965 in Berlin geboren, erhielt für einen Auszug aus »Der Fürst spricht« 1996 den Ingeborg-Bachmann-Preis und veröffentlichte zahlreiche ausgezeichnete Romane und Hörspiele. »Der amerikanische Investor« (2011) wurde mit dem Alfred-Döblin-Preis, dem Mörike-Preis und dem Nicolas-Born-Preis geehrt. Sein Roman »Der junge Doktorand« (2019) war für den Deutschen Buchpreis nominiert. Jan Peter Bremer lebt in Berlin.

Jan Peter Bremer

NACH HAUSE KOMMEN

Roman

PIPER

Mehr über unsere Autorinnen, Autoren und Bücher:
www.piper.de

Wenn Ihnen dieser Roman gefallen hat, schreiben Sie uns
unter Nennung des Titels »Nachhausekommen« an *empfehlungen@piper.de,*
und wir empfehlen Ihnen gerne vergleichbare Bücher.

Von Jan Peter Bremer liegen im Piper Verlag vor:
Feuersalamander
Paläste
Der amerikanische Investor
Der junge Doktorand
Nachhausekommen

MIX
Papier | Fördert gute Waldnutzung
FSC® C021394

VERANTWORTUNG • PRODUZIERT MIT

Ungekürzte Taschenbuchausgabe
ISBN 978-3-492-32207-2
November 2025

Georgenstraße 4, 80799 München, *www.piper.de*
Für direkten Kontakt und Fragen zum Produkt
wenden Sie sich an: *info@piper.de*
Umschlaggestaltung: zero-media.net, München
Umschlagabbildung: FinePic®, München
Satz: Satz für Satz, Wangen im Allgäu
Gesetzt aus der Baskerville
Gedruckt von ScandBook in Litauen
Printed in the EU

»Frau C.s stolz ist ihr prächtiger busen,
herrn C.s stolz seine breiten kniescheiben,
der stolz des bäckergesellen aber,
seine fertigkeit, dreizehn schrippen auf einmal
jonglieren zu können. Ungleiche welt!«

H. C. Artmann,
Der handkolorierte Menschenfresser

Für John, Paul, George und Ringo
und meiner ganzen Familie

Obwohl ich wusste, dass er es schon seit Jahrzehnten aufgegeben hatte, war das Erste, was mir vor Augen stand, als meine Mutter mir am Telefon mitteilte, T. S. sei gestorben, die Art und Weise, wie er früher geraucht hatte. Sobald er an seiner filterlosen Zigarette gezogen hatte, öffnete sich sein Mund, und nun schwebte der Rauch einem Ballon gleich über die Oberlippe hinweg in den schwarzen Bart hinein. Dann urplötzlich sog er ihn von dort erneut ein und entließ ihn erst eine Ewigkeit später, von einem Schnauben begleitet, durch die Nasenlöcher.

Im Umfeld, in dem ich aufwuchs, wurde unentwegt geraucht, und wenn meine Eltern abends Besuch bekamen und der Fernseher, ganz gleich, was gerade lief, ausgeschaltet wurde, bestand meine Beschäftigung darin, zu beobachten, wer wann seine Zigarette ausdrückte und wer sich in der Zwischenzeit wieder eine neue angezündet hatte. Gekoppelt an diese Beschäftigung, entwickelte ich den Ehrgeiz, die Luft, wenn tatsächlich plötzlich keiner mehr rauchte, so lange anhalten zu können, bis sich wieder einer eine neue Zigarette ansteckte. Mit wachsender Zahl der Gäste wurde diese Aufgabe natürlich leichter, weshalb ich auch immer wieder ungeduldig zum Fenster blickte, ob nicht ein weiteres Scheinwerferpaar in unserer Einfahrt aufleuchten würde.

Dieses Wohnzimmer, der Hauptraum eines kleinen, mittelalterlichen Fachwerkschlösschens, war damals, etwa Mitte der Siebzigerjahre, mit seinen englischen Stühlen und Sesseln, die um einen großen, massiven Eichentisch herumstanden, das Zentrum einer gerade erst zusammengekommenen Künstlerkolonie in einem der abgelegensten Landstriche Westdeutschlands. Die Gäste, die abends, meist von ihren Frauen begleitet, dort eintrafen, waren größtenteils Schriftsteller und Journalisten oder, wie mein Vater, gestaltende Künstler, die sich ihrerseits in den umliegenden Dörfern Fachwerkhäuser gekauft hatten, in denen sie, im Gegensatz zu uns, jedoch meist nur einen Teil des Jahres verbrachten. Sie alle gehörten der gleichen Generation an und bildeten bereits seit den Sechzigerjahren einen Freundeskreis, der sich in West-Berlin gefunden hatte. Die Druckwerkstatt, benannt nach einem Berliner Stadtteil, die mein Vater dort mit drei Künstlerkollegen betrieben hatte, war ein wichtiger Teil dieses Umfelds gewesen. Unter anderem hatte sie auch eine Fußballmannschaft hervorgebracht, in der fast alle Gäste, die sich jetzt in diesem Wohnzimmer einfanden, schon damals mitgespielt hatten.

Jetzt war diese Druckwerkstatt im Nachbarhaus untergebracht, das ebenfalls zu unserem Besitz zählte, und auch das Fußballspiel wurde hier auf dem Land ausgetragen. Allerdings fand es nicht mehr jeden Sonntag statt, wie damals in West-Berlin, sondern nur einmal im Jahr, nämlich zu Pfingsten. Das war dann zum Beispiel ein Anlass, zu dem auch T. S. immer anreiste, und aus dem recht überschaubaren Kreis von Menschen, die sich regelmäßig auf dem Land aufhielten, wurden plötzlich viele, wenn der alte West-Berliner Freundeskreis zu diesem Spiel zusammenkam. Mir erschien es dann so, als hätten die, die auf unserem Grundstück nach etwa viereinhalbstündiger Fahrt ihren Autos entstiegen, alles, was es in den letzten Wochen und Monaten zu sagen gegeben hatte, nur für diesen Tag aufgespart, so laut und lebhaft ging es zu, und die Frauen kicherten über die Männer, die sich, von ihren Blicken getroffen, sogleich in Pose warfen, und die Torwartfrage war ja auch noch nicht ausgemacht, und irgendein Penner musste noch die steifbeinige Verteidigung verstärken, und dieser Penner musste einen Eisenfuß haben, und dann wurde auch gleich noch geklärt, wer denn eigentlich der mit Abstand Hässlichste von ihnen allen sei, und das war jedes Jahr der Gleiche, und allein der Abschreckung wegen wurde der dann auch der Verteidigung zugeteilt, und wie jedes Jahr war er auch dieses Mal wieder der Einzige, der nicht so laut darüber lachen konnte, und dann ging es wieder in die Autos, und nachdem auf irgendeinem Sportplatz im Umkreis das Spiel stattgefunden hatte, kehrten sie zu uns zurück, um sich jetzt in unserem Haus oder ums Haus herum umzuziehen, und die Hoden pendelten ihnen aus den schlabbrigen Unterhosen, und die Füße waren bei den meisten nach der Anstrengung käseweiß und wollten gar nicht mehr zum übrigen Körper passen, und weil das Spiel noch wie im Rausch über ihren Köpfen schwebte, wurde in scherzhaft aufbrausender Weise über Pässe und Anspiele gestritten und wild in die Luft gestikuliert, die nach Schweiß, Bier und Zigaretten roch, und auch wenn der Gegner, meist irgendein Dorfverein, wie immer gewonnen hatte, so hatte er doch trotzdem gegen diese Meute blass ausgesehen, die mit ihren Bärten und wilden Frisuren genauso gut der wildesten Bebilderung meines *Schatzinsel*-Buches hätte entstiegen sein können und die sich für mich, der ich mit meinen neun, zehn oder elf Jahren, mitgerissen von der Aufregung zwar, aber natürlich nur als Beobachter, irgendwo herumstand, wiederum in die Wichtigen, nicht ganz so Wichtigen und Unwichtigen aufteilte, denn es gab auch die, die nicht jeden Satz, der von irgendwoher geschmettert kam, lauthals parieren konnten, es gab auch die, die, so wie ich, mehr oder weniger am Rande vor sich hin lächelten und deren Äußerungen, wenn sie sich doch mal hervorwagten oder auf direkte Ansprache reagierten, im allgemeinen Lärm einfach übergangen wurden und, wie es schien, nur von mir wahrgenommen, noch eine Weile durch die Luft schwebten.

Dieses Fußballspiel, die Freundschaften, die Werkstatt, in der sich die Künstler in unregelmäßigen Abständen trafen, um zu viert oder mit einem Schriftsteller, den sie dazu eingeladen hatten, etwas für die Blätter, an denen sie arbeiteten, zu dichten, das heroische Skatspiel, zu dem als einer der Hauptakteure auch T. S. immer anreiste, die Feste, die hier meist in Scheunen gefeiert wurden und auf denen ab einem bestimmten Zeitpunkt immer dieselben von einer Bühne aus, die auch eine Bierkiste sein konnte, die gleichen Lieder schmetterten, die Aufregung um die Muhammad-Ali-Kämpfe herum und das Durchwachen dieser Nächte in einem größeren Kreis, all dieses knüpfte an die gemeinsam verbrachte West-Berliner Zeit an, in der ich zwar schon auf der Welt, aber noch zu klein gewesen war, um sie miterlebt zu haben. All diese Dinge und Ereignisse, die mir in ihrer ungeheuren Erscheinung und Wichtigkeit jederzeit vor Augen standen, weil sie hier, von ihrer eigenen Kraft getragen, weitergelebt und fortgesetzt wurden, hatten ihren Ursprung in Berlin. Wenn von Berlin die Rede war, wie wer wen kennengelernt hatte, was in dieser oder jener Kneipe passiert war, wer nachts mal nicht mehr nach Hause gefunden hatte oder von dem einen Balkon auf den benachbarten geklettert war, konnte ich gar nicht genug davon bekommen. Alles zum Beispiel, was ich an Anekdotischem aus den Gesprächen aufschnappte, die mein Vater und seine drei Künstlerkollegen führten, erschien mir als so wild und frei, so verrückt und verzaubert, dass ich mir Berlin darum wie eine

Traumlandschaft baute, in der die Häuser nach Belieben ihre Plätze wechselten und die Bürgersteige durch sie hindurchführten und man von Menschen angesprochen wurde, die, wenn sie nicht sowieso auf dem Kopf standen, unmöglich schief an der Wand lehnten. Natürlich wusste ich, dass es nicht so war, aber gleichzeitig wusste ich, dass man es entdecken konnte. Nur war das schwer möglich, weil wir, obwohl noch so gut wie alle Kontakte dorthin verwiesen, fast nie nach Berlin fuhren. Es war einfach zu schön bei uns.

Am Rand des Dorfes lag unser Grundstück hinter einem großen, schmiedeeisernen Tor, zu dem ein schmaler Schotterweg hinführte. Wenn ich wusste, dass, wie zum Beispiel an Pfingsten, viele Gäste kommen würden, verbrachte ich, mit einem Plastikschwert bewaffnet, oft Stunden an diesem Tor, um denjenigen, die zu uns vorfuhren, einen kleinen Wegzoll abzupressen. Erst dann öffnete ich ihnen das Tor, das sonst nie geschlossen wurde.

War man durch das Tor hindurch und hatte sein Auto gleich auf der Wiese geparkt, lag rechts hinter großen Eichen das Schlösschen. Schaute man in die andere Richtung, so sah man auf eine alte Apfelplantage, die auch zu unserem Grundstück gehörte und hinter der dann wiederum das Dorf begann. Zwischen den Bäumen dieser Plantage weideten, weiträumig eingezäunt, unsere Schafe, und manchmal standen auch ein Pferd oder ein Esel oder beides dazwischen. Trat man von der Parkplatzwiese wieder auf den Weg zurück, sah man geradeaus das stattliche Bauernhaus, in dessen Diele sich die Werkstatt der vier Künstler befand. Über der Werkstatt hatte mein Vater sein eigenes Atelier, und die andere Hälfte des Hauses war damals an Bekannte vermietet, mit denen meine Eltern jedoch bereits heillos zerstritten waren. Hinter dem Bauernhaus ging es dann einen kleinen Abhang hinunter auf eine große Wiese, die sogenannte Badewiese, denn das ganze Grundstück wurde zu der einen Seite hin von einem länglichen See eingegrenzt, der auch direkt unterhalb des Schlösschens verlief und uns zumindest aus dieser Richtung vor Angriffen schützte.

Bevor mein Vater dieses Anwesen am See mit seinen zwei Gebäuden und dem viele Hektar messenden Grundstück 1972 erwarb, hatten wir in einem Dorf gelebt, das weniger als zehn Kilometer entfernt lag. In diesem ersten Dorf hatte mein Vater nur anderthalb Jahre zuvor, noch von Berlin aus, für wenig Geld ein Bauernhaus mit angrenzenden Stallungen gekauft. Während sich meine Eltern das Bauernhaus hatten ausbauen lassen, waren unsere Nachbarn, die jetzt in der Haushälfte neben der Werkstatt lebten, dort in die früheren Stallungen eingezogen. Sie waren als Erste der Berliner Freunde oder Bekannten meinen Eltern in die Gegend gefolgt.

In meiner Erinnerung an diese Zeit herrscht immer Sommer, und mir ist, als hätte ich die Frösche vom nahen Tümpel her das ganze Jahr über quaken gehört. Ich sah einen alten Mann, der einen Marder erschoss, der sich fauchend an eine Hauswand gedrückt hatte, und die Galeristen, die uns besuchten, kauften nicht nur die Bilder meines Vaters, sondern auch meine, die ich äußerst schnell auf die Abfallstücke von hellen Brettern pinselte und immer auch gleich mit einem Preis versah. Polternd, den Kopf hin und her werfend, entstieg ein Pferd einem Wagen, das von nun an unsere Wiese rauf und runter trabte, und morgens, wenn ich erwachte, ging ich zuerst zu unserem Hund, der damals noch ein Welpe war. Unentwegt versuchte er, mir in die Schuhe zu beißen, und wenn ich morgens aufbrach, um in die Schule zu gehen, die zu Fuß nur wenige Minuten von unserem Haus entfernt lag, war das Wichtigste, die Tür so schnell und geschickt hinter mir zu schließen, dass er nicht entwich, um mir zu folgen.

Im ersten Schuljahr, das ich dort durchlief, zählte meine Klasse nur vier Schüler. Alle Jahrgänge wurden von einem Lehrer unterrichtet, der mit seinen zahlreichen Kindern, die einen beträchtlichen Anteil der Gesamtschülerschaft stellten, im oberen Stockwerk des Schulgebäudes lebte. Für uns Erstklässler interessierte er sich kaum, also sahen wir ihn nur selten. Uns den Blockflötenunterricht persönlich zu erteilen, ließ er sich allerdings nie nehmen. Ansonsten delegierte er meist einen seiner Söhne, einen Viertklässler, der uns Lesen, Schreiben und Rechnen beibringen sollte. Meine erste Lesefibel kann ich bis heute auswendig hersagen, nur hatte ich das damals gelernt, ohne die geringste Verbindung mit den Buchstaben herzustellen.

Die Nachmittage verbrachte ich mit einem Mädchen, mit dem ich mir auch die Schulbank teilte. Wir durchstöberten Scheunen und Ställe, zogen über Wiesen und Felder, fingen Frösche, die uns leider oft schon in den Eimern vertrockneten, bevor wir sie mit den Kartoffelkäfern füttern konnten, die wir für sie sammelten und die es hier in Unmengen gab, und an den Sonntagen trafen wir uns am Dorfkrug, um, hinter einer Ecke versteckt, kichernd zu beobachten, wie die Frauen nach dem Frühschoppen ihre betrunkenen Männer in Schubkarren heimbrachten.

Die eigentlich geringe Entfernung zwischen diesen beiden Dörfern hätte für mich kaum größer sein können. Wie zuvor schon Berlin, so fiel auch dieses erste Dorf nach unserem Umzug für mich wie aus der Welt, und ich blickte mich ganz neu um. Zwar gab es auch hier am Ufer des länglichen Sees Frösche, aber doch bei Weitem nicht so viele wie in dem modrigen Teich nahe unserem ersten Haus, und ich fing sie jetzt allein. Da ich nicht schwimmen konnte, barg dieser See für mich außerdem eine ständige Gefahr.

Zu allen Seiten von hohen Bäumen umgeben, waren die Räume des neuen Zuhauses immer schattig, und wie in jedem Schloss spukte auch in unserem ein Geist, eine alte Frau, die es um Mitternacht im Nachthemd durchwehte. Die älteren Menschen im Dorf hatten diese Frau sogar noch gekannt, weil sie im oder nach dem Krieg tatsächlich hier oder im Nachbarhaus gewohnt hatte. Mir allerdings ist sie nie erschienen, und ich weiß noch, dass ich mich sogar darüber wunderte, weshalb ich mich vor dem Einschlafen nicht viel mehr vor ihrem Herannahen fürchtete. Vielleicht lag es daran, dass unser Schlösschen, das ja wirklich ein Schloss war, weil es fünfhundert Jahre zuvor ein Raubritter erbaut hatte und wie zum Beweis aus seinem Gewölbekeller heraus zur Seeseite hin zwei Schießscharten aufwies, von seinen Räumlichkeiten her nicht größer war als das Bauernhaus, in dem wir vorher gewohnt hatten. Nicht nur sein Alter und seine Geschichte, von der nicht allzu viel bekannt war, auch seine Überschaubarkeit war es, die diesem Schlösschen etwas ganz Besonderes verlieh. Während es Bauernhäuser verschiedenster Größe hier in dieser Gegend wie Sand am Meer gab, war unser Schlösschen am See das einzige seiner Art, und gerade weil es das einzige seiner Art war, war es, verglichen mit den ortsüblichen Preisen, auch keinesfalls günstig gewesen, und deshalb musste derjenige, der es gekauft hatte, auch jemand sein, der sich das leisten konnte, jemand, der sich von den anderen nicht nur durch diesen Besitz selbst, sondern auch durch seinen außergewöhnlichen Erfolg unterschied, der ihm das alles erst ermöglichte. An diesem neuen Ort stand mir nun auch mein Vater plötzlich in seiner ganzen Bedeutung sichtbar vor Augen, und ich begriff, dass er, mein Vater, ein ganz außergewöhnlicher Mensch war, der dort, an seinem Arbeitsplatz über eine neue Radierung oder ein neues Bild gebeugt, etwas Einmaliges schuf, das er, kaum war die Farbe getrocknet, schon wieder für unvorstellbar viel Geld verkaufen konnte. Ich begriff, dass er, kaum über dreißig, schon Unglaubliches erreicht hatte, weil er diese Kraft besaß, dass alles, was er tat und sagte, wichtig war. Die Handwerker wussten das und auch die Galeristen, und die Sammler hingen ohnehin an seinen Lippen, und abends im Kreis der Freunde wurde laut gelacht, und ich wusste, dass er auch das brauchte, denn gerade weil er so viel erreicht hatte, trug er jetzt auch diese enorme Verantwortung, und die trug er auch für meine Mutter und mich, und deshalb waren auch wir jetzt Teil dieser Verantwortung. Nur mussten wir im Gegensatz zu ihm viel weniger dafür tun, und während meine Mutter in ihren weitaus begrenzteren Bereichen ihre Aufgaben pflichtgetreu erfüllte, bestand meine Aufgabe lediglich darin, glücklich zu sein.

Die Schule, in die ich jetzt in die zweite Klasse wechselte, lag am Beginn des nächsten Dorfes. Mit meinem kleinen, orangenen Fahrrad war es ein Weg von etwa zehn Minuten. Ich fuhr zum Tor hinaus, über den Schotterweg, der parallel zum See verlief, und bog rechts in die Dorfstraße ein, die schon bald zwischen den beiden großen Bauernhöfen des Ortes hindurchführte. Diese Höfe lagen einander direkt gegenüber, und die beiden Schäferhunde, die sie jeweils bewachten, glichen sich auf identische Weise.

Jeden Morgen, aber auch jeden Mittag, wenn ich zurückfuhr, schossen sie gleichzeitig aus ihren jeweiligen Einfahrten hervor, um mich, völlig aufgebracht, mit gefletschten Zähnen und heißem Atem, den ich immer dicht an meinen Waden wusste, ein Stück weit zu verfolgen. Meist wechselte ihr Geknurre dann auf halbem Weg zwischen ihren Höfen und dem Bushäuschen, das auf der linken Seite folgte, in Gebell, und sie ließen von mir ab. Hinter dem Bushäuschen wurde die Straße von der einzig weiteren Straße des Dorfes gekreuzt. An diesem etwas dichter besiedelten Arm des Dorfes, der allerdings zu beiden Seiten bald ins Leere führte, standen zwischen vereinzelten Fachwerkhäusern, in denen schon seit Langem kein bäuerlicher Betrieb mehr stattfand, eine größere Anzahl kleiner, in den Fünfziger- oder Sechzigerjahren errichteter Backsteinhäuser, in denen Arbeiter und Handwerker mit ihren Familien lebten. Über die Kreuzung hinweg endete das Dorf auch bereits, und es ging nun geradewegs auf die Friedhofskurve zu, die nicht deshalb so hieß, weil sie so steil war, sondern weil in ihrer Beuge tatsächlich, winzig und zugig, der Dorffriedhof lag. Jetzt noch ein kurzes Aufbäumen gegen den Wind, der mir nach dieser Kurve meist plötzlich entgegenblies, und – doing! – war ich in der Schule.

An dieser Schule gab es zwei Klassenräume und zwei Lehrer. Der eine unterrichtete in dem einen die erste und zweite Klasse, der andere in dem anderen die dritte und vierte. Es gab einen Pausenhof, aber, soweit ich mich erinnere, keine Klingel, denn ich höre noch den Pfiff, mit dem wir nach der Pause wieder zurückgerufen wurden. Und obwohl wir auch an dieser Schule nicht sonderlich viele Schüler und Schülerinnen gewesen sein können, veranstalteten die Jungs, wenn sie jetzt nach ihrem Fußball- oder Abwerfenspiel überhitzt in das Gebäude zurückströmten, immer ein großes Gedränge im Eingang, in das ich mich, so unauffällig wie möglich, vom Rand her zu begeben versuchte, denn bereits vorab, also gemeinsam mit den Mädchen, die immer dicht vor der kurzen Treppe, die in die Schule hinaufführte, Gummitwist spielten, wieder das Gebäude zu betreten, war etwas, das ich mir, wie ich schnell gelernt hatte, auf keinen Fall erlauben durfte. Die Mädchen sah man nicht an, und erst recht mischte man sich nicht mit ihnen. Wer ihnen zu nahe kam, war selbst ein Mädchen, und das war das Abartigste, was einem passieren konnte. Mädchen war dann auch das schlimmste Schimpfwort, das einen Jungen ereilen konnte, schlimmer sogar als Spast, Stinker oder Mongo, und es war, als hätte genau dieses Wort schon lange auf mich gewartet.* Gerade weil es so widerwärtig war, wurde mir ständig von irgendwoher in meine blonden Locken gegrapscht, und mit einem Ausdruck unbeschreiblichen Ekels, so, als ob man sich auf der Stelle übergeben müsste, wurde die Hand dann wieder hervorgezogen, und wenn es mir nicht gelang, meine Miene dabei ganz stillzuhalten, als hätte ich gar nichts wahrgenommen, hieß es sofort: Guck, das Mädchen heult gleich wieder! Vor allen Dingen die Jungs der dritten Klasse, also einen Jahrgang über meinem, hatten es auf mich abgesehen, und deshalb waren auch die Pausen, wenn alle auf dem Schulhof zusammenkamen, die Zeiten, denen ich, lange bevor die Stunde endete, beklommen entgegensah. So wie ich mein Fahrrad, weil es dort nichts zu suchen hatte, nicht zu den anderen Fahrrädern an den dafür vorgesehenen Ort stellen durfte, sondern es immer etwas abseits an einen Baum lehnen musste, so versuchte auch ich, mich in den Pausen irgendwo abseits aufzuhalten, und hatte trotzdem immer das Gefühl, dabei aus zahlreichen Augenwinkeln beobachtet zu werden. Es galten ja auch ganz eigene Regeln für mich. Wenn ich zum Beispiel, weil ich es nicht mehr aushielt, versuchte, möglichst ungesehen auf die Toilette zu schleichen, konnte es geschehen, dass mir trotzdem sogleich ein ganzer Pulk an Jungen folgte, die unter Androhung von Prügeln darüber wachten, dass ich tatsächlich in das äußere der drei Pinkelbecken machte, denn dieses Pinkelbecken war jetzt nur für mich bestimmt. Alle anderen nutzten die beiden übrigen. Auch musste der Haken neben dem Haken im Flur, an den ich meine Jacke hängte, immer frei bleiben, damit meine Jacke keine der Jacken meiner Mitschüler berührte. Manchmal wurde ich von einem der beiden Lehrer zu den Pausenspielen der Jungs herangewinkt. Ich stand dann neben den anderen und versuchte zu lächeln, und da ich nie gewählt wurde, wurde ich schließlich auf Geheiß des Lehrers einer der beiden

Mannschaften zugeteilt. Mit weichen Beinen trabte ich hin und her und war am Ende froh, ja fast beglückt, wenn ich über das Spiel hinweg nicht gesehen worden war.

Der überwiegende Teil der Schülerschaft kam aus unserem und dem benachbarten Dorf, und die Hierarchie unter den Jungs spiegelte die Hierarchie wider, die in diesen Dörfern herrschte. An der Spitze standen die Bauern, und so waren auch die zwei Söhne, deren Eltern die beiden an der Dorfstraße einander gegenüberliegenden Höfe bewirtschafteten, die Helden unserer Schule. Der eine ging in meine Klasse und der andere einen Jahrgang höher. Diese Jungs wurden bewundert, weil ihre Väter beide einen Mercedes besaßen und sie schon selbst Traktor gefahren waren. Sie wussten, was ein Mähdrescher oder eine moderne Melkanlage kosteten, und allein diese Zahlen, mit denen sie großmäulig um sich warfen, waren fern der Welt derjenigen, deren Väter morgens auf ihren Fahrrädern in die Maurerbetriebe oder Schmieden radelten oder, sofern sie selbständig waren, sich in ihren kleinen Lieferwagen setzten, der dann wiederum in den Pausen von ihren Söhnen in die Waagschale geworfen werden konnte. Unser Auto hingegen, der auffällige gelbe VW-Kübelwagen, den mein Vater damals fuhr, zählte nichts. So wenig wie ich ein Junge war und unsere Englische Bulldogge ein Hund, so wenig war auch unser Auto ein Auto.

Am Ende des einen Dorfarms, der schließlich in ein Wäldchen mündete, hing vor einem der letzten Häuser ein Zigarettenautomat, zu dem ich hin und wieder in den Abendstunden radelte, um meinem Vater, der ansonsten Pfeife rauchte, weil ihm vielleicht der Tabak ausgegangen war oder er einfach Lust darauf verspürte, ein Päckchen Zigaretten zu ziehen. Hier an der Kreuzung links abzubiegen, war für mich immer, als führte mein Weg geradewegs in ein fremdes Land. Während die Dorfstraße meist völlig verwaist war und außer den beiden Höfen die wenigen anderen Häuser an ihr wie unbewohnt dort standen, erschienen in diesem Teil des Dorfes plötzlich Menschen. In ihren kleinen Gärten vor oder neben den Häusern arbeiteten, in ihren Schürzen zum Boden hingebeugt, die Frauen, und die Männer standen meist mit einer Flasche Bier, die in ihren Pranken winzig wirkte, an den Zäunen und blickten grußlos aus grauen Gesichtern zu einem hin. Von einigen dieser Frauen und Männer wusste ich mittlerweile, dass ihre Kinder mit mir auf die Schule gingen und dass sie ungefähr im gleichen Alter wie meine Eltern waren, und dieses Wissen hatte nicht nur etwas Befremdliches, sondern auch etwas Beschämendes, denn für mich sahen diese Leute in ihren immer gleichen, mehrfach geflickten Arbeitskostümen, die sie über die Jahreszeiten hinweg trugen, nicht nur in etwa alle gleich aus, sondern im Gegensatz zu meinen Eltern auch um ein Unendliches viel älter, und ich fragte mich, ob ihre Kinder, die ich ja jeden Tag sah, auch so schnell altern würden und ob sie sich schon jetzt davor fürchteten, und ich fragte mich, ob es ihren Vätern mit diesen übergroßen Händen überhaupt gelang, ein einzelnes, dünnes Streichholz aus einer Packung hervorzuholen, und ob sie, wenn sie ins Haus gingen, die grauen Mützen absetzten oder ob sie diese grauen Mützen erst vom Kopf zogen, wenn sie ins Bett gingen. Ich fragte mich, ob sie vielleicht auch nur einen Schlafanzug besaßen und ob man Schlafanzüge auch immer wieder flicken konnte.

Am Ende der Dorfstraße, dort, wo ich wieder in den Schotterweg einbog, lag die Badestelle des Dorfes, und während ich auf sie zuradelte, fragte ich mich, ob diese Kinder, die mit mir die Klasse teilten, ihre Eltern überhaupt schon einmal nackt gesehen hatten. Dass an dieser Badestelle etwas los war, dafür musste es schon sehr heiß sein. Einen Erwachsenen aus dem Dorf habe ich dort nie erblickt.

Die Erkenntnis, dass ich weder lesen noch schreiben konnte, traf mich, allein auf meiner Bank, die neue Fibel auf irgendeiner Seite aufgeschlagen, völlig unverhofft. So wenig mir bis dahin bewusst war, wie ich eigentlich aussah und dass ich mich außerhalb unseres Grundstücks in einen Struwwelpeter verwandelte, der sich dazu noch wie ein Mädchen benahm, so wenig war ich mir des Mangels dieser Fähigkeiten bewusst. Nicht einmal den Stift hielt ich richtig, und immer wenn ich ihn zur Hand nahm, drehten sich alle zu mir hin, denn nun kam wieder der Lehrer an meine Bank und legte ihn zwischen meinen Fingern um. Weder kannte ich die Zeichen, mit denen die anderen bereits rechneten, noch konnte ich auf der Landkarte zeigen, wo wir waren, und all das bestätigte dann auch das allgemeine Bild. So etwas kam halt dabei heraus, wenn es so unanständig zuging wie auf unserem Grundstück. Ein Junge, der wie ein Mädchen aussah, der schwach war und sich nicht wehrte und dabei nichts begriff und rein gar nichts konnte.

Die Nachmittage verbrachte ich jetzt mit meiner Mutter am Tisch und krakelte mit völlig verkrampften Fingern, die ich nach jedem Wort und jeder Zahlenreihe ausschütteln musste, in meine Hefte hinein, und in dem einen Moment erschien mir das, was ich da gerade tat, plötzlich ganz einfach, und mir war, als tauchte ich gerade aus einem undurchdringlichen Nebel auf, aber schon im nächsten verließ mich wieder der Mut, und ich war mir sicher, dass ich, was hier von mir verlangt wurde, niemals würde schaffen können – und wenn ich dann später, nach einer kleinen Pause, die wir beide gebraucht hatten, beim lauten Lesen mir wiederholt die Wörter einfach ausdachte, verstand ich nur zu gut, obwohl ich sie dabei angrinste, dass meine Mutter das nicht lustig fand, weil ich ja selbst wusste, weshalb es geschah und dass es genau dafür das Wort Blödheit gab. Abends im Bett, das Kuscheltier im Arm, sah ich zu meinem großen, roten Wecker hin, der immer laut tickte, und wie jede Nacht stellte ich mir auch diesmal wieder vor, dass der Wecker plötzlich aufhören würde, zu ticken, und mit ihm auch gleich die ganze Zeit stillstand und sich die Ruhe und Gemütlichkeit, die ich gerade empfand, bis ins Unendliche ausdehnen würde.

Hinter unserer Badewiese reichte, durch einen engmaschigen Zaun und eine lichte Baumreihe von ihr getrennt, ein großes Kornfeld bis zum See heran, das zu einem der beiden Höfe an der Dorfstraße gehörte. So wie ich, wenn das Korn eingeholt wurde, zwischen den Ästen und unter der Staubwolke, die er aufwirbelte, hindurch immer wieder einen Blick zum Führerhäuschen des Mähdreschers werfen konnte, so konnte man von dort aus auch immer wieder einen Blick auf unsere Badewiese gewinnen, auf der sich meine Eltern und ihre Freunde oder die Nachbarn und deren Freunde oder alle zusammen, über bunte Handtücher gestreckt oder im Schneidersitz aufgerichtet, sonnten und miteinander scherzten. Es war üblich, dass die Frauen oben ohne dalagen und auch so badeten, und wenn sie dem See wieder entstiegen, trabten sie zuerst mit wippenden Brüsten auf und ab, um sich zu trocknen, und auch die Männer machten wenig Geheimnis, wenn sie sich umzogen, und immer wieder warf ich einen Blick zum Mähdrescher, der jetzt bedrohlich nah am Rand dort wendete und von dem mein Klassenkamerad erzählte, dass er ihn sogar schon selbst gesteuert habe, und wie ein Mantra arbeitete der Satz meiner Mutter in meinem Kopf, den sie gerade erst wieder zu mir gesprochen hatte: *Die verstehen gar nicht, wie wir hier eigentlich leben.*

Auf unserem Grundstück gab es zwei Hunde. Unsere Englische Bulldogge und die Riesenschnauzerhündin unserer Nachbarn, die sie sich erst hier angeschafft hatten, ein hochgewachsenes, schwarzes Tier mit langem, struppigem Fell. Während unsere Englische Bulldogge nicht schwimmen konnte, weil ihr massiger Körper, der auf kurzen, weit ausstehenden Beinen stand, so tief im Wasser lag, dass es ihr über die Schnauze hinweg in die dahinterliegenden Nasenlöcher schwappte, liebte die Hündin der Nachbarn den See und warf sich sogar vom Steg, den mein Vater auf der Badewiese hatte errichten lassen, ins Wasser. Kam sie jetzt mit triefendem Fell wieder heraus, war ich immer erstaunt, wie anders sie aussah, fast jämmerlich dünn, und wenn sie sich nun zwischen den Badetüchern ausschüttelte, erregte das regelmäßig den Unmut meiner Eltern, und fast ebenso häufig ergab sich daraus ein kleines Wortgefecht. Aber nicht nur die um sich spritzende Hündin trübte die Stimmung, sondern die ganze Art, wie unsere Nachbarn dort lebten, weil sie sich nämlich um nichts kümmerten und in ihrer unentwegten Trägheit immer alles nur so taten, wie es ihnen gerade passte. Dabei sah es ja schon jetzt vor ihrer Haustür wie auf einer Müllhalde aus. Die Möbel, die sie irgendwo gefunden oder günstig erworben hatten, um sie zurechtzumachen und weiterzuverkaufen, gammelten seit einer Ewigkeit dort vor sich hin, und auch das Auto, das seit Monaten nicht mehr fuhr, stand, obwohl man sie schon so oft und natürlich immer freundlich darauf aufmerksam gemacht hatte, noch immer da und wurde platter und platter. Das ging doch so nicht. Wir waren hier schließlich keine Kommune. Das war doch nicht ihr Grundstück. Sogar unsere eigenen Freunde versuchten sie gegen uns aufzustacheln. Die tickten doch nicht mehr richtig. Was war denn das bloß für ein ansprüchliches und unverschämtes Benehmen. Nicht einmal in der Lage, ihren eigenen Scheiß wegzuräumen, waren sie. Sich als Opfer zu sehen, das von dem erfolgreichen Künstler einfach rücksichtslos weggebügelt wurde, war ja auch viel einfacher. Dabei war doch exakt das Gegenteil der Fall. Die lebten hier wie die Penner im Paradies, und anstatt immer mit dieser beleidigten Fresse herumzulaufen, hätten sie eigentlich ausreichend Grund, sich über jeden Tag, den sie hier sein durften, zu freuen.

Als mein Vater nach vielleicht einem Jahr, das wir nun dort wohnten, mit dem neuen Auto auf das Grundstück rollte, war das ein unglaubliches Ereignis. So ein großes und fremdartiges Gefährt wie diesen American-Station-Wagon mit der Holzverkleidung an den Seiten und Scheinwerfern, die sich wie Augen öffneten und schlossen, hatte hier noch nie jemand gesehen. Es war mindestens doppelt so lang wie andere Autos, und drinnen gab es dann auch nicht nur eine, sondern gleich zwei Rückbänke, und allein die Entscheidung, ob ich mich auf die vordere oder hintere der beiden setzen würde, war aufregend, und immer musste ich mich langmachen, um von dort durch die Windschutzscheibe auf die Motorhaube sehen zu können, die groß wie ein Dach auf der Straße lag. Sanft schaukelnd, schien es über den Asphalt zu schweben und war dabei so leise, als ob es gar nicht fahren würde. Am Ziel angekommen, verspürte ich jetzt jedes Mal eine Enttäuschung darüber, dass die Fahrt schon wieder beendet war. Oben in meinem Zimmer spielte ich über Stunden hinweg an der Holzleiste mit meinen Matchboxautos Einparken, und auch zwischen meinen Eltern war das Einparken in dieser Zeit immer wieder ein Thema, denn das war der Grund, weshalb meine Mutter, die schon die ganzen Nächte davor nicht mehr hatte schlafen können, nun bereits zum zweiten Mal durch die Führerscheinprüfung gefallen war. Beim dritten Versuch aber hatte sie es endlich geschafft, und zur Belohnung stand noch am selben Tag ein Auto für sie vor der Tür, ein winziger, roter Fiat, und wenn ich aus meinem Fenster zur Wiese hinblickte, dann sah es so aus, als stünde dort unten neben dem größten auch das kleinste Auto der Welt.

So wie sich für mich die Menschen im Dorf ähnelten, so ähnelten sich vermutlich für die Menschen im Dorf meine Eltern und unsere Nachbarn und somit auch unsere Freunde und deren Freunde. Man musste schon eine Vorstellung davon haben, wo man war, um zu wissen, dass unsere Freunde fast nur aus wichtigen Menschen bestanden, Schriftsteller, Journalisten und Künstler, hingegen die Freunde unserer Nachbarn einfach nur Freunde waren, die meist gerade, braun gebrannt und mit Muscheln behängt, aus einem Urlaub zurückgekehrt waren und nun hier Däumchen drehten. Dazwischen gab es dann noch die wenigen gemeinsamen Freunde, die sich mal mehr in unserem, dann wieder mehr im Haus unserer Nachbarn aufhielten, und zu diesen gehörte auch einer der Künstlerkollegen meines Vaters. Aber auch den beiden anderen Künstlerkollegen fiel es nicht immer leicht, obwohl sie natürlich den Grund dafür verstanden, einzusehen, dass mein Vater so viel mehr Erfolg hatte als sie und auch so viel mehr Geld verdiente, und natürlich führte das, gerade wenn man zu viel getrunken hatte, zu Streit. Aber sogar die Beatles, deren Schallplatten ich in meinem Zimmer mindestens ebenso oft hörte wie meine Sprechplatten, hatten sich gestritten, und während ich von Lied zu Lied auf den Refrain hinfieberte, um sie mit meiner Stimme zu begleiten, erforschte ich jeden Quadratzentimeter des jeweiligen Covers. So wie die Beatles in ihrer bärtigen, späten Zeit aussahen, so sah es eigentlich bei uns auf dem ganzen Grundstück aus, und so sahen auch wir aus, und sie hatten sogar ein Stück gesungen, das *Hey Bulldog* hieß, und wie in der Künstlergruppe meines Vaters gab es auch bei den Beatles zwei, die den beiden anderen voranstanden, und trotzdem waren die Beatles nur zu viert die Beatles gewesen, und nicht einmal der kleine Finger der linken Hand des Unwichtigsten von ihnen hätte da fehlen dürfen.

Sobald es das Wetter erlaubte, wurde bei uns am Wochenende draußen vor dem Haus gefrühstückt, und hin und wieder geschah es, dass man mit den Geräuschen des Windes und dem Gezwitscher der Vögel noch etwas anderes hörte oder glaubte, gehört zu haben, eine Autotür, einen Motor, Stimmen oder alles zusammen, und dann war es meine Aufgabe, nachzusehen, was denn da eigentlich los war. Nicht selten handelte es sich tatsächlich um Ausflügler, die entweder vorn an der Badestelle oder direkt vor unserem Tor parkten oder von ihren Fahrrädern abstiegen und sich mit ahnungslosen Schritten tiefer auf unser Grundstück vorwagten. Wenn sie mich erblickten, grüßten sie meist, und dann hörte ich auch schon hinter mir das Räuspern meiner Mutter, das allen ernsten Situationen vorausging, und während ich schnell wieder zur Seite entschwand, trat sie an meine Stelle, und mit einer Stimme, die in solchen Momenten eine dunklere Färbung annahm und so dem strengen Ausdruck ihres Gesichtes entsprach, setzte sie den Leuten auseinander, dass sie hier nichts zu suchen hätten, weil sie sich nämlich auf einem Privatgrundstück befänden. Obwohl es auch mir einleuchtete, dass wir hier kein Zoo waren und dass allein deshalb nicht jeder auf unser Anwesen kommen durfte, weil man ja nie wissen konnte, ob die Leute sich tatsächlich für das Schloss – was schon allein nicht ging – oder doch mehr für dessen Bewohner interessierten, machte mich die Unmissverständlichkeit, mit der meine Mutter das den Fremden, die eben noch so arglos herumspaziert waren, jedes Mal glaubte mitteilen zu müssen, für eine Weile selbst ganz betreten, und wie so oft, wenn ich nicht wusste, wohin ich blicken sollte, sah ich zu unserem Hund hin, der von der ganzen Situation völlig unberührt geblieben war und, den Kopf im Nacken und vor steter Fresserwartung vor sich hin speichelnd, allein das Geschehen über der Tischplatte zu deuten suchte.

So wie unser amerikanisches Auto, an dem ständig etwas kaputtging und das, weil die Ersatzteile immer erst mit dem Schiff aus Amerika eintreffen mussten, oft über Wochen hinweg fahruntauglich auf der Wiese herumstand, seinen eigentlichen Zweck zu selten erfüllte, so erfüllte auch unser Hund in vielerlei Hinsicht nicht seinen Zweck. Weder bellte er, noch hatte er eine Idee davon, bis wohin sich unser Eigentum erstreckte, und da ihm auch der Unterschied zwischen Freunden und Fremden nicht geläufig war, wurde ihm eines Nachmittags eine bereits erwachsene Boxerhündin an die Seite gestellt, die sich aufgeregt von der Rückbank des Fiats hervorzwängte. Aber auch sie löste nur wenig Furcht aus, wenn sie, mit dem ganzen Hinterteil vor Freude schlingernd, auf die Ausflügler zurannte. Dafür fiel sie bereits am ersten Tag über die Hündin unserer Nachbarn her. Wie von Sinnen biss sie auf die überrumpelte Rivalin ein, und erst als sie schon eine Weile über der Riesenschnauzerhündin thronte, die aus etlichen Wunden blutete, wagte sich endlich jemand heran, um sie von ihr abzubringen. Fortan war sie es dann auch, die sich jederzeit frei auf dem Grundstück bewegen konnte, während die Hündin unserer Nachbarn ihre Zeit meist hinter verschlossenen Türen verbrachte und allenfalls in den Abend- oder Nachtstunden mal nach draußen durfte. Morgens, wenn man unsere Hündin hinausließ, führte der erste Gang sie immer einmal um das Nachbarhaus herum. Hocherhobenen Hauptes und demonstrativ blickte sie auf ihrer Patrouille immer wieder zu uns hin, als wollte sie für alle eine Rangordnung verdeutlichen, die ohnehin längst bestand.

Auch unter meinen Schulkameraden machte das neue Auto gewaltigen Eindruck. An der Wucht seiner Erscheinung konnte keiner von ihnen vorbeisehen. Weit mehr als das Schloss selbst stellte dieses Fahrzeug unseren Wohlstand dar. Nur gab es auch für dieses Auto wie für alles, was von uns nach außen wirkte, im Dorf keinen Vergleich. So rätselhaft den Eltern meiner Schulkameraden die Art und Weise war, mit der mein Vater sein Geld verdiente, und so unverständlich ihnen zum Beispiel die Tatsache war, dass meine Eltern statt neuer für mindestens ebenso viel Geld lieber alte Möbel kauften, in denen sogar noch die Löcher der Holzwürmer zu sehen waren, die einmal darin gehaust hatten, so anders zeigte sich ihnen auch in allem Sonstigen unser Wohlstand. Die kraftvolle Erscheinung des Station-Wagons, allein seine schiere Größe, hob uns in den Augen meiner Schulkameraden und vielleicht auch in den Augen des ganzen Dorfes in einen neuen

Stand und erweckte auch das Schloss in seiner Funktion als Schloss zu neuem Leben, als einem Ort nämlich, der seine ganz eigene Geschichte hatte, eine Geschichte, die mit der des übrigen Dorfes nichts zu tun hatte. Eine große Veränderung zur Situation vorher machte das zwar nicht aus, aber es bedingte vielleicht den kleinen Unterschied, dass man sich nicht mehr von den neuen Dorfbewohnern abgrenzen musste, sondern dass diese Abgrenzung jetzt fast wie natürlich gegeben war.

T. S. hatte eine Tochter, und manchmal, wenn er uns besuchte, kam sie mit. Wie nahezu alle anderen Freunde meiner Eltern war er bereits geschieden. Dass meine Eltern, die sich mit kaum zwanzig Jahren kennengelernt hatten, seither ununterbrochen zusammenlebten, war ein absolutes Alleinstellungsmerkmal. Im gesamten Freundeskreis hatte keine andere Beziehung so lange überdauert. Zum Beispiel wusste ich, dass zwei der drei Künstlerkollegen ebenfalls ein Kind in meinem Alter hatten, doch tauchten diese Kinder außer in ihren Erzählungen nie auf. Auch die Schriftsteller und Journalisten, die jetzt hier einen Teil des Jahres in ihren Häusern verbrachten, lebten in Verbindungen, denen andere Verbindungen vorausgegangen waren, und deshalb waren auch die Kinder, die sie mit ihren jetzigen Partnerinnen hatten, höchstens halb so alt wie ich. Die Tochter von T. S. war eins der wenigen gleichaltrigen Kinder aus dem Freundeskreis meiner Eltern. Wenn sie nun von der Rückbank des Autos ihres Vaters krabbelte, stand ich immer ganz dicht bei meiner Mutter und versuchte, mein Gesicht hinter ihr zu verbergen. Es waren ja auch immer sehr viele Monate vergangen, seit ich dieses Mädchen zuletzt gesehen hatte. Auch sie schien anfangs jedes Mal wie an ihrem Vater zu kleben, und erst nach einer Weile wagte man es, sich die ersten Blicke zuzuwerfen, und irgendwann löste man sich doch vom jeweiligen Elternteil oder wurde sogar mit dem Bein fortgedrängt, und dann traf man sich zuerst meist bei den Hunden und kniete plötzlich nebeneinander, und während sie über den Rücken der Boxerhündin streichelte, hob ich mit einem verschämten Grinsen eine Lefze der Englischen Bulldogge an, oder einer von uns ahmte die schweratmig schnaufenden Geräusche nach, und dann brach das Eis, und gemeinsam lief man nun fort, und die Schuhe waren schon bald voller Wasser, aber auch das war herrlich, denn das ganze Grundstück war nun so lebendig, als wäre es von einem zum nächsten Augenblick verwandelt worden. Es gab ja auch so viel, was ich hier zeigen, und noch viel mehr, was man hier gemeinsam entdecken konnte, und nachts schlich man sich, ohne dass sie es bemerkten, an die Erwachsenen heran, und wenn man dann doch entdeckt und gemeinsam wieder ins Zimmer geschickt wurde, war es gar nicht mehr möglich, einzuschlafen, denn all die Bilder des Tages tanzten noch weiter in einem herum, und wenn man dann trotzdem morgens erwachte, war es noch dunkel, und schon ging es wieder hinaus, und nur wenn wir uns zu dicht den Rändern des

Grundstücks zum Dorf hin näherten, fühlte ich plötzlich einen Stich, der wie aus einer anderen Welt kam, und mir stand das Bedrohliche vor Augen, das sich ereignen konnte, wenn ich von einem meiner Schulkameraden mit einem Mädchen erblickt werden würde. Das war auch der Grund, weshalb ich, wenn wir gemeinsam hinten im Auto saßen, immer einen Vorwand erfand, mich so lange tief unter das Fenster zu ducken, bis wir das Dorf in sicherer Entfernung hinter uns gelassen hatten.

Gerüchten zufolge ging irgendwo von unserem Haus oder ganz in dessen Nähe ein unterirdischer Gang ab, der einst den mittelalterlichen Besitzern als Fluchtweg, aber auch als geheimes Versteck und Aufbewahrungsort ihrer Raubritterschätze gedient haben sollte. Es war mir ein Rätsel, warum meine Eltern nicht viel entschiedener nach diesem Gang suchten. Gleichzeitig war ich jedoch auch froh darüber, denn so bestand die Möglichkeit, dass ich ihn zuerst fand, und während ich fast täglich durch die Büsche kroch, die unser Haus umstanden, und dort unter Laub und Ästen nach dem Eingang suchte, beschäftigte mich die Frage, ob ich, wenn ich nun wirklich auf ihn stieß, meinen Eltern überhaupt davon erzählen oder ob ich nicht die Schätze, die ich dort bergen würde, einfach für mich behalten sollte. Abends im Bett und vollständig unter der Decke vergraben, malte ich mir immer wieder den Moment aus, da ich den geheimen Gang tatsächlich fand. Das völlig verängstigte Kuscheltier im Arm, stieg oder kroch ich tief hinab, und zuerst mussten wir immer über die Skelette hinweg, die überall am Boden lagen und deren knöcherne Finger sich in unsere Richtung hoben, und von oben schlug plötzlich dumpf die Klappe zu, und aus der Schwärze, die jetzt herrschte, leuchteten gelb die Augen von Toten auf, die mühsam mit schleifenden Schritten an uns vorbeizogen. Wir aber hockten wie unsichtbar ganz still da, und auch weil ich es jetzt noch fester an mich drückte, konnte uns selbst die Furcht des Kuscheltiers nicht verraten. So gleichbleibend aufregend und spannend erschien mir diese Vorstellung jedes Mal, so wohlig war das Gefühl, das Kuscheltier dort unten ganz allein im Dunkeln beschützend in den Armen zu halten, dass in mir der Wunsch nach einem nur mir zugänglichen Ort entstand, an dem ich nun auch die Tage mit meinem Kuscheltier verbringen wollte, ein Loch so tief, dass nichts mehr von uns sichtbar war, und gleichzeitig so eng, dass nur wir beide darin Platz fanden. Ich begann, an verschiedenen Stellen mit dem Spaten zu graben, aber nirgends gelang es mir, ausreichend in die Tiefe zu kommen, und als dann meine Mutter plötzlich neben mir stand und mich fragte, was ich da tat und wozu ich das machte, da erklärte ich es ihr doch, und aus dem zugleich erschrockenen und ernsten Ausdruck, den ihr Gesicht annahm, las ich heraus, dass etwas, das ich selbst gar nicht zu fassen bekam, ganz grundsätzlich falsch an meinem Ansinnen war, und sie fragte mich noch mal, ob das wirklich mein Plan sei, die Tage in einem Loch zu verbringen, und dann sagte sie mir, dass ich mitkommen solle. Vor der Werkstatt meines Vaters wies sie mich an, zu warten, und ich hörte, wie die beiden dort oben jetzt mit lauten Stimmen stritten, und es war ja auch nicht richtig, ihn bei der Arbeit zu stören, und als er jetzt mit meiner Mutter zur Tür heraustrat, da schwang noch immer die Wut in ihm, und mich zu erblicken, machte ihm genauso wenig Freude wie der Satz: *So, wir beide bauen jetzt eine Hütte für dich.*

Schnell war eine Stelle auf der Wiese ausgemacht, wo diese Hütte errichtet werden sollte, und während mein Vater nun Balken und Bretter heranschleppte, lief ich hinter ihm her und fasste an, wo ich nur konnte, und immer wenn wir in einiger Entfernung an meiner Mutter vorbeikamen, die irgendwelchen anderen Verrichtungen nachging, winkte sie uns mit einem strahlenden Lächeln zu, und dann holte ich den Spaten, und mein Vater hob die Löcher aus und stieß die Balken in die Erde. Dichter Schweiß stand ihm auf der Stirn und tropfte von seiner Nase herab, und in den kurzen Pausen, die er sich gönnte, blickte er, indem er es mehrfach umrundete, anerkennend auf das, was er bereits errichtet hatte, und auch meine Mutter kam nun hin und wieder zu uns und bewunderte, wie hart wir hier arbeiteten und wie weit wir schon gekommen waren.

Am Abend dann standen wir alle drei vor der fertigen Hütte, die wie das Spitzdach eines winzigen versunkenen Hauses aus dem Boden herausragte. Meine Mutter hatte sich bei meinem Vater eingehakt, der zufrieden an seiner Pfeife zog und ihr erklärte, dass es sich hier nicht um eine Hütte, sondern um einen Wigwam handele und dass zu einem solchen Wigwam auch noch ein richtiger Marterpfahl gehöre, der genau dort stehen müsse, wo sie gerade stünden, denn da habe dann der Häuptling – und damit wies er auf mich – aus seinem Wigwam heraus seinen Gefangenen Tag und Nacht im Blick.

Tatsächlich ragte, als ich am nächsten Tag aus der Schule kam, ein mannshoher Balken vor der Hütte aus dem Boden. An diesem Pfahl stand ich über viele Stunden, und obwohl die enge Indianerperücke heftig juckte und kratzte, rührte ich mich kaum. Geduldig wartete ich, dass meine Bewacher, die ihre Waffen aus dem Wigwam auf mich gerichtet hielten, für einen Moment ihre Aufmerksamkeit verloren und sich mir endlich die Möglichkeit zur Flucht auftat.

Die Meinung, die im Dorf über uns herrschte und die mir stellvertretend durch meine Klassenkameraden entgegenbrandete, reichte an meine Eltern nicht heran. Dass wir hier sehr viel weniger als im ersten Dorf mit seiner Kneipe in der Mitte in das Geschehen eingebunden waren, lag laut meinem Vater daran, dass hier, obwohl nur wenige Kilometer vom ersten Dorf entfernt, bereits ein ganz anderer Menschenschlag lebte, der im Gegensatz zum Menschenschlag im ersten Dorf von einem biederen Ernst geprägt war. Für meine Mutter wiederum waren die Leute hier, die, wenn man sie grüßte, falls überhaupt, immer nur wie gegen ihre eigene Absicht zurückgrüßten, einfach ein wenig stoffeliger. Aber auch das war nicht verwunderlich. Außer ihrem Dorf kannten die Leute ja so gut wie nichts von der Welt. Das hörte man ja schon an den Fehlern, die sie machten, wenn sie sprachen. Was war denn das für ein Deutsch. Das waren doch ganz einfache Leute, die hier ein schweres Leben mit ihren ganz eigenen Sorgen lebten, und das sah man nicht nur den Männern an, deren Gesichter vom Alkohol oft ganz aufgedunsen waren und die man sich gar nicht zu überholen traute, wenn sie bereits am Nachmittag in Schlangenlinien auf ihren Fahrrädern vor einem herfuhren, sondern auch den Frauen, die das alles zusammenhalten mussten und die man deshalb unermüdlich vor sich hin arbeiten sah. Aber so war das hier eben, und wenn man versuchte, sich auch nur ein bisschen in die Leute hineinzuversetzen, dann verstand man auch, dass sie noch etwas misstrauisch waren und sich erst an einen gewöhnen mussten, und deshalb war es bestimmt auch ein richtiger Vorschlag, ein wenig vorsichtig zu sein und dem fremden Jungen bei seinem ersten Besuch im Haus morgen nicht gleich alles, was man besaß, zeigen zu wollen, also zum Beispiel besser nicht diese bestimmte Schallplatte und besser auch nicht dieses bestimmte Buch.

Dieser Junge aus meinem Jahrgang, mit dem ich mich in der dritten Klasse vorsichtig anfreundete, lebte in einem der kleinen Arbeiterhäuser im Seitenarm unseres Dorfes. Auch er war ein Einzelkind, und als kleinster und schmächtigster von uns Schülern und mit einem Kopf, der viel zu groß auf diesem Körper zu thronen schien, hatte auch er innerhalb der Klasse, die von den Jungs der vierten Jahrgangsstufe, mit denen wir den Raum teilten, dominiert wurde, einen schweren Stand. Die große Leidenschaft dieses Jungen waren Autos, und unser Ziel beziehungsweise sein Ziel, dem ich mich anschloss, bestand darin, sobald wir mit der Schule fertig wären, hier bei uns auf der Wiese neben dem Haus eine eigene Autowerkstatt zu gründen. Da wir dort ausschließlich Rennwagen reparieren wollten, bestaunte er von all den Dingen bei uns auch am meisten die gelöcherten, ledernen Autofahrerhandschuhe meines Vaters, die zusammen mit anderen Handschuhen, Schals und einem Set Boule-Kugeln in einem Regal im Flur herumlagen und nie benutzt wurden. Ansonsten interessierte er sich, wenn er sich auf den Wegen durch unser Haus umschaute, bei allem, was er sah, nur für den Preis. Er wollte wissen, was das ausgestopfte Känguru da gekostet hatte und der Farbfernseher und dieser alte Schrank und die Puppen und dieses Bild, das er sich, wenn er mal ein eigenes Haus hätte, niemals aufhängen würde, und diese hässliche Figur, die er sich niemals dort hinstellen würde, und warum wir sogar für einen Hund Geld bezahlt hätten. Das würde er nie machen. Mir ging es so, dass sich Stolz und Befangenheit auf diesen Streifzügen durch unser Haus in Sekundenschnelle abwechselten. Es war, als würde ich mir all dieser auserwählten und exotischen Dinge, die man nicht brauchte und die trotzdem so wichtig waren, erst selbst bewusst werden, und aus den Bildern meines Vaters, die im ganzen Haus hingen, stachen mir plötzlich all die anzüglichen Details hervor, und ich hoffte, dass der Junge sie so wenig sehen würde wie ich sonst, und deshalb entspannte ich mich auch erst, wenn ich merkte, dass sich die Umgebung um uns herum allmählich verflüchtigte und nur noch die Welt von Bedeutung war, die sich nun wie von selbst unter uns vereinbarte und in der man ganz und gar das Matchboxauto oder der Plastikindianer war und alles wie aus einem Gedanken heraus ineinandergriff und aufzugehen schien. Einmal auf dem Weg zu uns erzählte mir der Junge, dass sein Onkel, der nur zwei Häuser von ihnen entfernt wohnte, genau wie mein Vater Maler sei, und obwohl ich wusste, dass an dieser Geschichte etwas grundsätzlich falsch sein musste, konnte ich zu Hause nicht an mich halten, und während ich seine Worte wiedergab, spürte ich, wie der Junge stolz zu meiner Mutter hinsah, die mit diesem mechanisch zustimmenden und mitleidigen Lächeln zu ihm hin nickte, das sie immer aufsetzte, wenn sie einen unlustigen Witz oder eine blödsinnige Unwahrheit zu bestätigen hatte. Später an diesem Nachmittag rief sie mich dann aus meinem Zimmer heraus zu sich, um mir zu sagen, dass ich diese Geschichte natürlich nicht glauben dürfe, dass sie diesen Onkel sogar kennen würde und dass er natürlich nicht wie mein Vater ein

Kunstmaler sei, sondern ein Anstreicher und noch dazu einer der schlechtesten und unzuverlässigsten, der ihnen jemals untergekommen sei, denn sie hätten ihn sogar hier im Haus gehabt, und obwohl es bei ihm viel zu lange gedauert habe und deshalb auch viel zu teuer geworden sei, hätten sie hinterher alles noch mal streichen lassen müssen. Natürlich solle ich darüber nicht reden und erst recht nicht gegenüber meinem Besuch, und da ich nun nickte, kehrte ich in mein Zimmer zu dem Jungen zurück, der dort noch immer in das Spiel versenkt war, und ich sah zu ihm hinab und kniete mich wieder neben ihn.

So niedrig das Ansehen dieses Jungen auch war, so war er doch trotzdem weitaus mehr Teil der Klassengemeinschaft als ich, und es geschah nicht selten, dass er mir, obwohl wir den Nachmittag zuvor gemeinsam verbracht hatten, am nächsten Morgen nicht nur auswich, sondern auch ganz augenfällig so tat, als würde er mich nicht sehen und erst recht nicht kennen. Manchmal war er dann sogar der Erste, der mich am Morgen verhöhnte und verlachte, und mir schoss das Blut in den Kopf, und der Mund wurde mir ganz trocken, und die Stimme des Lehrers drang wie aus großer Ferne zu mir, und der Stift in der Hand fühlte sich noch steifer an, der Arm war ein Stück Holz, und erst allmählich gewann der Blick wieder an Weite, und ich sah, dass der Junge über die Tische hinweg zu mir schaute, und senkte den Kopf schnell wieder in mein Heft hinab, in dem alles hin und her flirrte, und wenn er sich mir später dann doch wieder näherte, fühlte ich, wie es kläglich in mir kämpfte, und immer gewannen Erleichterung und Dankbarkeit die Oberhand, und ich versuchte, den Jungen unserer gemeinsamen Nachmittage wieder aus der Erinnerung hervorzuholen, so fremd war der andere, der jetzt vor mir stand, und die einzige Wahrheit, die es gab, war dieses Sehnen nach Freundschaft.

Trotzdem wirkte dieser Junge für mich wie eine Brücke ins Dorf hinein, denn wenn wir nun zu zweit gesehen wurden, kam es immer wieder vor, dass sich auch andere Jungs zu uns gesellten, und in diesen kleinen Gemeinschaften gab es dann auf einmal nicht mehr diese unabänderlichen Gesetzmäßigkeiten wie in der Schule, und manchmal waren wir plötzlich sogar zu fünft oder sechst und spielten zum Beispiel auf einem der beiden Bauernhöfe Fangen oder Verstecken, und ich weiß noch, was für ein Jubel still in mir erscholl, wie befreiend und gleichzeitig merkwürdig es in meinen Ohren klang, wenn ich an diesen Nachmittagen von den anderen tatsächlich und ganz absichtslos mit meinem Namen gerufen wurde.

Vermutlich weit mehr als die Erwachsenen es selbst fühlten, übertrug sich auf mich die Gewissheit, dass von der Art und Weise, wie hier bei uns und besonders zwischen meinem Vater und seinen Freunden über die Dinge, seien es Kunst, Politik oder Sonstiges, gesprochen wurde, etwas ausging, das weit über eine gewöhnliche Bedeutung hinausstrebte, und dass ich hier zwar nicht Teil, aber doch

Zeuge eines Geschehens war, dessen zukünftige Ausstrahlung noch lange nachwirken würde. Auch jetzt, während ich den Indianer auf seinem Pferd über meine Beine galoppieren ließ, spürte ich die Kraft, die von dieser größeren Runde hier ausging, und zumindest zeitweise zogen auch mich die Wörter in ihren Bann. Gerade war einer der Schriftsteller aus Kuba zurückgekehrt. Die Hand abgewinkelt an der Stelle vor der Brust, wo dessen Bart endete, ahmte er mit gewichtiger und steifer Miene den dortigen Präsidenten nach, mit dem er noch vor zwei Tagen zusammengesessen hatte, und da ich mich auch noch an den Tag erinnern konnte, an dem er an der gleichen Stelle auf dem Sofa von dieser Reise berichtet hatte, die er bald unternehmen würde, war es, als hätte sich nun der Kreis geschlossen, der darin bestand, hier in dieser Runde von dieser Reise zu berichten. Es hörten ja auch alle gebannt zu und stießen Lachsalven in den Raum, und nur mein Vater drehte an seiner Bierflasche, und das tat er immer, wenn er ein bisschen ungeduldig wurde, und es schoss mir in den Kopf, dass mein Vater auch deshalb immer am Sonntag den *Internationalen Frühschoppen* schaute, weil er Werner Höfer kannte, und wo Werner Höfer war, da war auch Willy Brandt nicht mehr weit, und als ich vor ein paar Wochen mit meinen Eltern und meiner Großmutter, die dort wohnte, in Hamburg in einem Restaurant gewesen war, da war doch – auch wenn er natürlich nicht zu diesen wirklich wichtigen Menschen gehörte – tatsächlich Otto zur Tür hereingekommen, und ich war zuerst noch unsicher geblieben, ob es wirklich der Otto war. Er hatte dann auch nur ein paar Tische von unserem entfernt gesessen, und nur wenn er in dem Gespräch mit der anderen Person hin und wieder lächelte, hatte er wirklich so ausgesehen wie er selbst, und wer auch ein bisschen so aussah wie wir, das waren die Terroristen, und das war auch deshalb kein Wunder, weil auch die Terroristen mal ganz normale Menschen gewesen waren, und sie waren in Berlin in die gleichen Kneipen wie meine Eltern gegangen, und selbstverständlich hatte man sich, wenn auch nur flüchtig, gekannt, aber das war nichts, worauf man jetzt noch stolz war, und natürlich sollte ich erst recht für mich behalten, dass meine Mutter damals sogar immer mal wieder mit der Ensslin verwechselt wurde, was an der Ponyfrisur und der langen Nase lag, die sie beide hatten, und wie sie war auch die Ensslin eigentlich eine attraktive Frau, aber dem Baader, dem war man damals schon aus dem Weg gegangen, der war ein Widerling, ein Schaumschläger und überhebliches Arschloch.

War die Stimmung in der Schule schon am Morgen unter den Jungs aufgeregt, lag es oft daran, dass am Abend zuvor die deutsche Fußballnationalmannschaft gespielt hatte. Als Einziger hatte immer nur ich das Spiel nicht gesehen. Außerhalb des Pfingstwochenendes, wenn mein Vater selbst spielte, war Fußball bei uns nicht existent. Fußball war nicht nur gähnend langweilig, sondern mehr als jeder andere Sport war dieses Spiel bloß etwas für die

Dummen. Deshalb kannte ich auch die großen Helden des Dorfes, die regelmäßig dafür sorgten, das Volk wieder in diesen Taumel zu versetzen und in ihm das alte Gefühl aufleben zu lassen, das vor Kurzem noch den ganzen Kontinent verwüstet hatte, allein dem Namen nach. Den einzelnen Spielern konnte man dabei noch nicht einmal einen Vorwurf machen, aber das, was sie auslösten, war gefährlich, und das erlebte ich ja jetzt auch in der Schule, und das war auch der Grund, weshalb ich mich an diesen Tagen auf dem Pausenhof noch bedeckter hielt als sonst, während meine Klassenkameraden unaufhörlich schubsten und traten und dabei ständig mit plötzlich erstarrtblödem Gesicht die Arme hochrissen, nur um sich gleich darauf mit voller Wucht in den nächsten Nachbarn zu werfen.

Die Meinungen und Ansichten, die bei uns zu Hause entschieden vertreten wurden, liefen den Meinungen und Ansichten, die im Dorf herrschten, in nahezu allem völlig zuwider, und mit der gleichen Gewissheit, mit der ich diese Meinungen und Ansichten meiner Eltern in mir trug, traten mir meine Klassenkameraden mit den Meinungen und Ansichten ihrer Eltern entgegen. Willy Brandt zum Beispiel, der bei uns wie ein Heilsbringer verehrt wurde, galt im Dorf und unter meinen Mitschülern nur als Schweinehund und Verräter, und so wie alles, was Willy Brandt tat und sagte, eine permanente Provokation darstellte, so stellten auch wir, ganz so, als handelte es sich bei uns um die sichtbare Speerspitze dieses Kanzlers, eine permanente Provokation dar. Der Mangel an Staatstreue, der bei diesem Kanzler ausgemacht wurde, wurde auch bei uns ausgemacht, und das Misstrauen, das bei uns ganz allgemein gegen die staatlichen Symbole und Strukturen herrschte, gegen die deutsche Hymne und die deutsche Fahne, gegen die deutsche Polizei und die deutsche Nationalmannschaft oder die Bundeswehr, richtete sich aus dem Dorf heraus wiederum gegen die, die dieses Misstrauen empfanden. Gleichzeitig spiegelte sich der Argwohn, mit dem aus dem Dorf alles betrachtet und bewertet wurde, was man auf unserem Grundstück zu sehen glaubte, in den Annahmen, die sich bei uns und auch in mir zu einem Bild der dortigen Menschen verfestigt hatten. Zum Beispiel wusste ich, weil alle meine Klassenkameraden ausnahmslos dieser Partei anhingen, dass alle Eltern im Dorf die CDU wählten, die wiederum die Partei all jener Menschen war, die einst all das Böse getan hatten und deren Markenzeichen nun der Mercedes war. Ich wusste, dass es nicht selbstverständlich war, dass wir jetzt so leben konnten, wie wir lebten, und dass viel von diesem Bösen immer noch unter uns war. Um das zu sehen, genügte es ja bereits, den Fernseher anzuschalten. *Aktenzeichen XY … ungelöst* zum Beispiel war ja auch deshalb so eine schlimme Sendung, die man nicht schauen durfte, weil sie genau an diese allerniedrigsten Instinkte und Gefühle von früher appellierte. Für meine Klassenkameraden hingegen war es die beste Sendung, die es überhaupt gab, und das Einzige, was diese Sendung noch übertrumpfen könnte, wäre, wenn endlich mal einer käme, um diesem Muhammad Ali für immer sein dreckiges Maul zu stopfen, oder wenn einer käme und ihn einfach abknallte oder, noch besser, gleich – broch! – mit einem ganzen Panzer volle Pulle umnietete.

Einer meiner größten Wünsche in dieser Zeit bestand darin, ein Bonanzarad zu besitzen, und als es dann tatsächlich neben dem Weihnachtsbaum stand und mit seinen dicken Reifen und der Dreigangschaltung, die sich aus der Mitte des Rahmens heraus mit einem kleinen Knüppel bedienen ließ, genau so aussah, wie ich es mir erträumt hatte, war das ein Moment unfassbaren Glücks. Kaum dass der nächste Morgen graute, schob ich es auch schon zur Tür hinaus und schwang mich auf seinen langen, gebogenen Sattel. Sehr viel mühsamer und auch weitaus langsamer als erwartet fuhr es an, und obwohl ich jetzt immer hektischer die Gänge hoch- und herunterschaltete, blieb es in seiner Schwerfälligkeit gefangen, und schon vorn an der Ecke, als ich ins Dorf einbog, stand mir vor Augen, wie ich noch gestern und all die Tage davor mit meinem kleinen, orangenen Fahrrad um diese Kurve geflitzt war, und später am Frühstückstisch musste ich mir immer wieder die Enttäuschung aus dem Gesicht reißen, die mit derselben Fassungslosigkeit von mir Besitz ergriffen hatte wie das Glück am Abend zuvor.

Etwa auf der Höhe des Bushäuschens verlief die Grenze zwischen dem bescheidenen Teil und dem wohlhabenderen Teil des Dorfes mit den beiden Bauernhöfen und uns, und während ich jenseits des Bushäuschens spürte, wie ich um mein neues Fahrrad beneidet wurde, stellte es, obwohl ich mich mit einem von ihnen sogar vorsichtig angefreundet hatte, für die Söhne beider Höfe eine erneute Herausforderung dar. Selbstverständlich fanden auch die anderen, dass es, mit seiner Lehne hinten am Sattel, wie ein richtiges Opa-Fahrrad aussah, doch wollten sie trotzdem immer wieder eine Runde damit drehen, und insgeheim beneideten mich natürlich auch die Söhne der beiden Bauern, nur konnten sie es nicht zugeben, weil es ja gar nicht anders ging, als dass alles, was ihre Eltern und sie hatten, immer viel größer und besser und teurer sein musste als das, was meine Eltern und ich besaßen, und unser Grundstück war nichts gegen all die Felder und Wiesen, die sogar noch außerhalb des Dorfes in ihrem Besitz standen, und unsere paar Schafe und die zwei Esel nichts gegen ihre Kühe und Schweine, und unsere Hunde waren Missgeburten, und unser Haus war alt und hässlich, und auf das amerikanische Auto sollte ich mir gar nichts einbilden und auch nicht auf dieses blöde Fahrrad, und erst recht sollte ich mir nichts auf meine Eltern einbilden, die immer erst aufstanden, wenn ihre schon zu Mittag aßen, weil ihre Eltern nämlich anders als meine Eltern etwas Richtiges arbeiteten und deshalb auch richtiges Geld verdienten, und deshalb hatten sie auch im Gegensatz zu uns richtige Tiere und richtige Wiesen und richtige Felder und richtige Maschinen und fuhren ein richtiges Auto, und weil sie deshalb auch in Wahrheit viel reicher als wir waren, hätten ihre Väter, wenn sie es nur gewollt hätten, genauso gut wie mein Vater unser Haus und unser Grundstück kaufen können, und ich, ich wäre dann gar nicht da und auch nicht dieses Opa-Fahrrad, mit dem ich hier die ganze Straße vollstank.

Natürlich hatte ich es sehr viel schöner als die anderen Kinder im Dorf, und das wusste ich auch, weil ich nämlich ganz anders aufwuchs als sie, frei und gleichzeitig geschützt, mit Eltern, die sich um mich kümmerten. Es kamen zu uns ja auch immer so viele interessante Leute, und die Tiere, die wir besaßen, waren auch meine Tiere, und ich musste nicht ständig wie die Söhne von den beiden Bauernhöfen bei irgendwelchen schweren Arbeiten helfen, sondern meine Zeit gehörte auf diesem riesigen Grundstück nur mir allein. Und anders als zum Beispiel mein kleiner Freund mit dem großen Kopf musste ich mich auch vor nichts fürchten, und das hatte ich ja sogar selbst erzählt, wie ich bei ihm zum Abendbrot gewesen und der Vater plötzlich polternd und betrunken hereingekommen war und den Stuhl erst umriss, bevor er sich setzte, und dann sah er mit seinen roten Augen zu uns hin, und wir alle, auch die Mutter, blickten betreten auf unsere Teller, und dann nahm er sich schnaufend ein Brot vom Teller seines Sohnes, und immer wenn ich den Blick nur etwas hob, sah ich direkt in seinen offenen Mund, in dem er mit zähem Speichel die Bissen wendete, und dann begann er plötzlich zu schnarchen, und während mein Freund mit einer Miene, die viel stiller war als sonst, zu mir hinsah, erhob ich mich langsam und schlich, so leise wie ich konnte, zur Tür hinaus. Erst draußen auf dem Fahrrad wagte ich, wieder richtig Luft zu holen. Wahrscheinlich war mein Freund auch deshalb so dünn und hatte diesen großen Kopf, weil sein Vater immer so viel trank, und inzüchtig ging es hier ja schon seit Jahrhunderten zu, und natürlich war es auch Unsinn, dass die Bauern so viel reicher als wir seien, denn so, wie ihre Söhne es taten, konnte man natürlich nicht rechnen. Ein paarmal war ich jetzt sogar in der Küche des einen gewesen, mit dem mich neuerdings diese zaghafte Freundschaft verband, und dass diese Menschen keinen Geschmack hatten und keine Idee davon, was schön war, war auch überhaupt nicht ihre Schuld, sondern das war einfach die Art und Weise, wie hier gelebt wurde, und wie immer saß die Oma oder Uroma in ihrer fleckigen Schürze abseits von den anderen auf ihrem Stuhl vor der gekachelten Wand und brabbelte vor sich hin, und der Bauer hielt den Löffel mit der Faust umschlossen und sah nicht von seinem Teller auf, und sein Sohn sprang munter zwischen Tisch und Herd hin und her und riss seiner Mutter das Kochgeschirr aus der Hand, um direkt aus den Töpfen zu kosten, und dann wischte er sich über den Mund und nahm Anlauf und schlidderte auf Strümpfen über den glatten Boden und warf sich auf die Knie, und aus dem angrenzenden Stall hörte man die Kühe muhen, und im Winter, wenn die Heizung lief, roch der ganze Klassenraum nach diesem Stall, so fest saß er ihm in den Klamotten, und während er sich nun an seine Oma oder Uroma heranschlich und dabei übermütig zu mir hin grinste und ein *Psst!* in Richtung seiner Mutter schickte, die nur den Kopf schüttelte, war mir, als wenn er sich hier in dieser kargen Küche zwischen diesen schweigsamen und strengen Menschen ungezwungener und frecher bewegte, als es mir jemals bei mir zu Hause erlaubt wäre. Aber das musste eigentlich schon wieder ein Irrtum sein.

Im Unterschied zu mir stand meinen Klassenkameraden der Weg, den sie einmal einschlagen würden, deutlich vor Augen. So selbstverständlich es den Söhnen der zwei Bauernhöfe war, dass sie – wie schon ihre Väter und Großväter – zu gegebener Zeit den Hof übernehmen würden, so selbstverständlich war es auch den Söhnen der Arbeiter und Handwerker, dass sie, wenn auch vielleicht nicht unbedingt den gleichen, so doch zumindest einen ähnlichen Beruf wie ihre Väter ausüben würden. In beiden Fällen führte dieser Weg nach der vierten Klasse der Grundschule über die fünfstufige Hauptschule in der einige Kilometer weit entfernten Kreisstadt, und kaum dass sie diese Schule dort beendet hatten, war es ihnen dann vorherbestimmt, dass sie, schneller, als man überhaupt gucken konnte, auch schon ihren Vätern glichen, und so wie ihre Väter würden auch sie in einigen Jahren müde am Tisch sitzen und mit trüben Augen dumpf vor sich hin starren, denn so war der Lauf der Dinge. Weit mehr als mit irgendetwas anderem hatte dies mit dem Pech oder eben dem Glück zu tun, in welches Elternhaus man hineingeboren war, und deshalb und obwohl ich von meinen Leistungen her doch kaum mehr als zu den anderen aufgeschlossen hatte, gab es für mich auch dieses besondere Wort, und wenn es auch sehr schwer werden würde, so hatte doch sogar der Lehrer meinen Eltern gesagt, dass ich, wenn ich mich richtig anstrengen würde, es vielleicht sogar schaffen könnte, auf das Gymnasium zu kommen, und das war ja auch mein Ziel, denn ohne Gymnasium war es doch so, dass man eigentlich gar nichts war. Deshalb musste ich auch unbedingt dorthin, und obwohl es noch ein Jahr bis zum Ende der vierten Klasse war, flüsterte ich dieses schwierige Wort nachts im Bett manchmal so lange vor mich hin, bis es mir entfiel, so, als hätte ich es zwischen Wand und Matratze hinabrutschen lassen, und dann war nur noch das Wort Oberschule da. Nur war das andere viel schöner und bedeutender, aber Sorgen musste ich mir jetzt deswegen auch keine machen, denn morgen früh würde es sich bestimmt wieder wie aus heiterem Himmel anfinden.

Es war ganz neu, jetzt dort hinüberzusehen, denn bisher war mir dieses Dorf schräg gegenüber auf der anderen Seeseite nie weiter aufgefallen. Erst seit ich wusste, dass er dort wohnte, also seit ein paar Tagen, hob es sich aus der Landschaft hervor. Aber natürlich blickte ich nun auch viel häufiger dorthin, weil wir Freunde geworden waren, und im nächsten Schuljahr würde er sogar in meine Klasse kommen. Dann wären wir schon zwei, die von dort auf das Gymnasium wollten, und selbstverständlich würde er neben mir auf der Bank sitzen. Außer mir hatte er bisher auch keinen anderen Freund, da er erst vor sehr kurzer Zeit aus Hamburg hierher zu seinem Vater gezogen war, der wiederum meinen Vater von ganz früher kannte, noch aus Hamburger Zeiten, als sie beide ganz jung gewesen waren, und obwohl es sich eigentlich um nichts weiter als einen Zufall handelte, dass sich unsere Väter hier wiederbegegneten, war das vielleicht doch ein bisschen der Grund dafür, dass mein neuer Freund gleich bei seinem ersten Besuch einverstanden war, hier zu übernachten. Zusammen hatten wir in den Büchern geblättert, in denen ich mit den Kindern aus dem Dorf nicht blättern sollte, und auch die Schallplatte gehört, die ich mit den Kindern aus dem Dorf nicht hören durfte, und in der Dämmerung waren wir über das Grundstück geschlichen und noch weiter darüber hinaus, immer am See entlang, und wie ich war auch er ein Indianer gewesen, und da wir uns gleichermaßen der Gefahren bewusst waren, achteten wir sehr auf unsere Handzeichen, und erst als wir wieder im Haus waren, ließ die Anspannung allmählich nach. Eigentlich wollten wir uns auch nur kurz stärken, weil die schwierigste Pirsch noch bevorstand. Nur durften wir dann nicht mehr hinaus, weil es schon zu dunkel war, und als meine Mutter später in mein Zimmer kam, um mir einen Gutenachtkuss zu geben, da machte mich das ganz verlegen, weil er ja gerade keine Mutter hatte, und als sie dann den Raum wieder verlassen hatte, da fiel es mir für eine Weile schwer, zu ihm hinzusehen, doch dann hörten wir wieder *Ob-La-Di, Ob-La-Da*, weil das sein Lieblingslied war, und wir hörten es bestimmt noch zehn Mal, bevor wir die Platte weiterlaufen ließen, und das war dann auch schön, denn auch die anderen Lieder waren alle toll.

Wenn unsere Väter sich auch bereits aus Hamburg kannten, weil sie dort zur gleichen Zeit die Kunstgewerbeschule besucht hatten, bedeutete das nicht, dass sie sich deshalb auf der gleichen Ebene befanden. Falls mein Vater überhaupt noch ein paar Erinnerungen an diesen Mitschüler hatte, waren sie sehr verschwommen und galten vielleicht auch jemand ganz anderem. Das allerdings war insofern nichts Besonderes, weil es meinem Vater recht häufig so erging, dass er von Leuten wiedererkannt wurde, die ihrerseits in seinem Gedächtnis aber keinerlei Spuren hinterlassen hatten. In diesem Fall wäre das auch allein deshalb kein Wunder, weil es sich bei dem Vater meines neuen Freundes nämlich im Grunde genommen um einen richtigen Dussel handelte, eine Nervensäge, die man immer so schnell wie möglich wieder abschütteln wollte. Mindestens ebenso schlimm wie das, was er sagte, war diese selbstverliebte und gekünstelte Lässigkeit, mit der er es sagte. Letztlich war da aber einfach nichts außer der Laberei selbst. Das war ja auch der Grund, weshalb er in seinem Leben, von seinem Sohn einmal abgesehen, noch gar nichts hingekriegt hatte. Wie an unseren Nachbarn, so zogen auch an ihm die Tage einfach vorüber, und in der gleichen Weise, in der mein Vater die behäbige Art unseres Nachbarn nachahmte, ahmte er jetzt auch die Art und Sprechweise des Vaters meines neuen Freundes nach. Dabei verschwand jeglicher Ausdruck aus seinem Gesicht, seine Augen blickten stumpf vor sich hin, und mit einer Stimme, die er monoton in die Tiefe senkte, sagte er dann zum Beispiel: *Und Alter, alles knorke bei dir?*, und meine Mutter und ich lachten uns an, und mein Vater winkte mit der Hand ab, ein Penner halt dieser Mann, und während sich jetzt die Lustigkeit allmählich wieder auflöste, beschäftigte mich wie schon so oft die Frage, wie es eigentlich sein konnte, dass sich unsere Nachbarn und der Vater meines neuen Freundes bisher noch nicht miteinander angefreundet hatten und auch gar keine Anstalten dazu machten, wo es doch ganz offensichtlich war, dass es sich bei ihnen, von der Zugehörigkeit her, um den gleichen Schlag Mensch handelte.

Jetzt, als die Jahrgangshöchsten in der vierten Klasse, war es, als wäre damit auch endlich der Himmel über der Schule aufgerissen. Statt wie bisher mit diesem ewigen Stein im Magen und dieser ewigen Beklommenheit, die mich immer ganz starr hatte auf die Straße blicken lassen, so, als gälte es, nicht nur den Weg, sondern gleichzeitig auch schon die Zeit bis zum Schulschluss zu überwinden, radelte ich jetzt mit schlingernden Bewegungen singend durch das Dorf, und schon morgens, wenn ich die Augen aufschlug, freute ich mich auf die erste große Pause, denn mein Lieblingsspiel war *Wer hat Angst vorm schwarzen Mann?*, und ich war schnell, und die Kleineren spielten auch mit, da war ich sowieso schneller, und erst wenn die Meute auf der anderen Seite zu groß wurde, wurde es brenzlig. Noch im Bett fühlte ich bereits die Aufregung, die mich später so voll und ganz erfassen würde. Dadurch, dass wir nun alle einen neuen Mitschüler hatten, war auch ich viel mehr ein Teil der Klassengemeinschaft geworden, denn im Vergleich zu diesem neuen Mitschüler stellte das Bild, das meine Eltern und ich ins Dorf ausstrahlten, schon fast eine gewöhnliche Familie dar. Allein die Tatsache, dass er ohne Mutter bei seinem Vater aufwuchs, war nicht normal. Und dann fuhr dieser Vater auch noch diesen alten Leichenwagen, wo mit Sicherheit schon ganz viele Tote dringelegen hatten. Das war doch genauso pervers wie das, was man auch schon gesehen haben wollte, nämlich dass er nackt in den See gegangen und sich anschließend dort auf der anderen Seeseite ebenso nackt auf der Wiese gerekelt haben sollte. Und was war das überhaupt für eine Mutter, die sich nicht um ihren Sohn kümmerte und der es anscheinend völlig egal war, dass der oft viel zu dünn angezogen war und fast immer zu spät zur Schule kam, weil sein Vater es morgens nicht aus dem Bett schaffte, denn als Einziger von der anderen Seite des Sees, der zwar nicht breit war, sich dafür aber einige Kilometer in die Länge erstreckte, war er auch der Einzige, der mit dem Auto gefahren werden musste. Nach der Schule warteten wir oft zusammen, dass sein Vater ihn wieder abholte, und immer suchte er nach Gründen, warum es auch heute wieder nicht klappte. Dann gingen wir zu uns, oder er wartete noch etwas länger und kam dann später nach, und immer merkte ich, wie meine Mutter über ihren Ärger hinwegsprach, wenn sie ihm sagte, dass schon nichts Schlimmes passiert sein werde, dass seinem Vater bestimmt nur etwas dazwischengekommen sei und er ihn später sicher abholen komme, und obwohl diese Worte meinem Freund immer Mut gaben, war es trotzdem oft so, dass er mitten im Spiel stockte und für eine gewisse Zeit, weil er sich gerade Sorgen machte, wie verloren dasaß, und auch mir erschlaffte dann von einer Sekunde auf die andere die Hand, die gerade die Pistole, das Auto oder den Plastikindianer hielt, aber wie nach einem Ruck ging es dann auch gleich schon wieder weiter.

Allein daran, dass ich es nicht nötig hatte, zu erzählen, was mein Vater schon Tolles im Leben vollbracht hatte, ließ sich erkennen, wie sicher ich mir meiner Eltern war und wie fest ich hier auf dem Boden stand. Es war ja immer ein schlechtes Zeichen, wenn Kinder glaubten, ihre Eltern selbst aufwerten zu müssen. Das bedeutete doch nur, dass sie fühlten, dass etwas mit diesen Eltern nicht in

Ordnung war, und da es gleichzeitig auch noch so war, dass kein Kind etwas dafür konnte, wer oder wie seine Eltern waren, war es an mir, nachsichtig zu sein oder einfach nicht hinzuhören, wenn mein Freund wieder meinte, mir erzählen zu müssen, dass sein Vater, nicht nur weil sie auf der gleichen Kunstgewerbeschule gewesen seien, sondern auch weil sie beide denselben Spirit besäßen, genau wie mein Vater ebenfalls ein Künstler sei. Nur sei sein Vater im Unterschied zu meinem nicht immer bloß Künstler gewesen, sondern habe schon viel mehr gemacht, und deshalb würde er auch diese Postkarte besitzen, die Mick Jagger von den Rolling Stones ihm persönlich geschrieben habe, denn früher in Hamburg, da habe er richtig viel Geld verdient und sei einen Porsche gefahren, und in der ganzen Stadt habe es fast niemanden gegeben, der ihn nicht gekannt habe. Aber dann hatte er diesen schweren Unfall gehabt, und sie hatten ihn aus dem Porsche herausschneiden müssen, und alle glaubten schon, er sei tot, und seine Wirbelsäule war gleich an mehreren Stellen gebrochen, und deshalb durfte er auch jetzt nichts heben und eigentlich auch gar nichts arbeiten, weshalb er auch diese Invalidenrente bekam, weil er nämlich auch gar nicht zu lange sitzen durfte, und selbst im Liegen hatte er Schmerzen, und stehen konnte er nur für kurze Zeit, und manchmal hörte mein Freund, wie sein Vater sogar noch im Schlaf stöhnte. Dann stand er auf und ging in sein Zimmer und legte eine weitere Decke über ihn, und die Zigaretten, die aus so etwas Ähnlichem wie Tabak waren, rauchte sein Vater auch nur, weil die ihm einen Teil dieser Schmerzen nahmen, und während er redete, nickte ich ihm zu und versuchte gleichzeitig, seine Worte wie Regentropfen auf einer Fensterscheibe von mir abperlen zu lassen. Vielleicht war ja auch gar nicht alles Unsinn, was er mir da erzählte, sondern nur der größte Teil davon, und auch wenn ich insgeheim wusste, dass es eigentlich traurig war, dass er mir das alles schon wieder erzählte, so wusste ich eben auch, dass es für meinen Freund wichtig und gut war, dass er diese Worte zu mir sprach, und dass man nur hoffen konnte, dass er tatsächlich glaubte, was er da von sich gab, denn am Ende war es doch so, dass jedes Kind natürlich immer nur das Schönste und Beste über seine Eltern denken und erzählen wollte.

Mein Freund war ein kleines bisschen älter als ich und ein kleines bisschen größer, und deshalb war er ein kleines bisschen stärker und schneller, und auch in der Schule war er in allen Fächern ein kleines bisschen besser als ich, und wenn wir für eine Arbeit die gleiche Note erhielten, dann war das für mich immer ein Erfolg, über den sich auch meine Mutter freute. Nachmittags machten wir oft gemeinsam unter ihren Augen die Hausaufgaben. Während sie mir immer wieder über die Schulter blickte und darauf achtete, dass ich richtig arbeitete, wunderte sie sich bei ihm jedes Mal von Neuem, wie zerknautscht und zerfleddert ein Heft sein konnte, ohne dass es gänzlich auseinanderfiel. Aber dafür schrieb und rechnete er schneller und sicherer als ich und war meist auch schneller fertig, oder er hörte, wenn er keine Lust mehr hatte, einfach auf, und obwohl wir vor gar nicht allzu langer Zeit gemeinsam zu Mittag gegessen hatten, ging er schon wieder in die Küche, und gerade weil meine Eltern so großzügig waren und ihnen das deshalb gar nichts ausmachte, war es mir immer ein bisschen unangenehm, wie selbstverständlich er sich dort bediente, so, als herrschte schon jetzt der Glaube seines Vaters oder unserer Nachbarn in ihm vor, sich einfach nehmen zu können, wonach einem gerade war, und gar nicht sehen zu wollen beziehungsweise schlicht darauf zu scheißen, dass jemand dafür auch gearbeitet hatte.

Da wir uns fast täglich sahen, gingen wir uns bald ziemlich auf die Nerven, und auch *Ob-La-Di, Ob-La-Da* hing mir irgendwann zum Hals heraus, und noch schlimmer, als dass er immer mitsang, war, dass er mit der Singerei dieses Liedes auch dann nicht aufhörte, wenn das nächste längst eingesetzt hatte, und wenn er ging oder abgeholt wurde und ich mein Zimmer wieder für mich hatte, verspürte ich regelrecht eine Erleichterung, denn im Grunde genommen war ich wie meine Mutter ein Einzelgänger. Wie meine Mutter brauchte auch ich viel Zeit für mich, und das wiederum war etwas, was mein Freund überhaupt nicht verstehen konnte, weil er nämlich ein ganz anderer Mensch war, ein richtiger Sonnyboy und eine Frohnatur, und das war auch sein größtes Glück, und ihn trotz allem so viel lachen zu sehen, war eine Freude. Trotzdem war da natürlich etwas in ihm zerbrochen. Neben allem anderen hatte dafür allein schon die Trennung seiner Eltern ausgereicht. So eine Trennung der Eltern war für ein Kind ja allein deshalb das Schrecklichste, was ihm widerfahren konnte, weil es noch gar nicht in der Lage war, diese schwierige Welt der Erwachsenen zu überblicken, sondern ganz in seiner eigenen Welt lebte, in der es selbst im Zentrum stand und deshalb auch alles auf sich bezog. Das war auch der Grund, warum sich Kinder, deren Eltern sich getrennt hatten, am Ende immer selbst die Schuld daran gaben, und dafür, dass alles so war, wie es war, hielt sich mein Freund doch sehr tapfer, und zum Glück kam ja auch seine Mutter, wenn auch viel zu selten, hin und wieder vorbei, die nicht nur eine ziemlich nette und zugängliche, sondern auch überraschend hübsche junge Frau war. Meist blieb sie dann für ein paar Tage, und in diesen Tagen merkte wiederum ich dann, dass ich meinen Freund, weil er die ganze Zeit nur mit ihr verbrachte, zu vermissen begann. Und wenn ich sie dann doch einmal zusammen traf und er anschmiegsam keinen Zentimeter von ihrer Seite wich und kaum in der Lage schien, seinen Blick über sie beide hinauszulenken, dann war mir, obgleich ich es doch selbst ständig und täglich fühlte, als würde mir durch diesen Anblick vor Augen geführt, wie sehr ein Kind seine Mutter liebte.

Die Landschaft, in der ich aufwuchs, ist geprägt von Wiesen und Feldern, die sich, flach und nur von einzelnen Baumreihen unterbrochen, schier endlos zu allen Seiten hin ausdehnen. Die einzige, kaum so zu nennende Erhebung, vermutlich eine Aufschüttung aus früheren Zeiten, befand sich nicht unweit der Schule genau zwischen den beiden Dörfern am Rande eines schütteren Wäldchens. Wir Jungs der vierten Klasse zogen in diesem Winter jeden Nachmittag geschlossen mit unseren Schlitten dorthin. Am Fuße des Hügels angekommen, stürmte man sogleich wieder die paar Schritte hinauf, wobei der eigentliche Spaß darin bestand, denjenigen, der zufällig neben einem lief, zur Fahrbahn hin oder zur anderen Seite ins Gestrüpp zu drängen. So ging es fort bis zur Dämmerung, und einmal, als ich gerade wieder unten ankam, da war mir auf einmal, als wäre nicht nur unsere Welt, sondern auch das ganze Universum mit all seinen Sternen in Wahrheit in einer Streichholzschachtel untergebracht, und ich sah sie sogar dort auf einem Tisch liegen, der in einem weitläufigen Saal stand, und das machte alles nur noch wahrhaftiger. Wie aus einer großen Entfernung drangen die Geräusche der Kufen und das Gejohle der anderen nur mehr an mein Ohr, und als ich jetzt vom Schlitten stieg, war mir, als wäre ich ganz von dieser Eingebung umwoben, und der Aufstieg kam mir endlos lang vor, so, als zöge ich meinen Schlitten einen richtigen Berg hinauf, und der Gedanke erschien plötzlich in meinem Kopf, ob nicht auch ich in irgendeiner vergessenen Dose in meinem Zimmer ein solches Universum mit all den Sternen und einer Welt wie der unseren aufbewahrte und dass vielleicht auch auf dieser Welt ein Junge lebte, der in diesem Augenblick genauso erstaunt und überwältigt von sich war wie ich, weil er im selben Moment dieselbe Entdeckung gemacht hatte, und vielleicht stand auch dieser Junge gerade mit seinem Schlitten auf dem höchsten Punkt eines Hangs, und vielleicht war auch ihm, als würde er nun wieder in die Welt hinein erwachen, vielleicht hörte auch er jetzt diese Stimmen um sich herum wieder lauter werden und fühlte das Gezerre an seinen Klamotten, und vielleicht warf auch er sich deshalb gerade bäuchlings auf seinen Schlitten und sauste, auf eine bisher nicht gekannte Weise von sich eingenommen, mit Karacho in die Tiefe.

Im Sommer war es leicht, sich gegenseitig zu besuchen, denn da musste man nur quer durch den lang gezogenen See schwimmen. Noch leichter aber war es jetzt im Winter, weil man einfach über das Eis schlendern konnte, und manchmal klopfte mein Freund deshalb schon morgens an unsere Tür, um mich zur Schule abzuholen, und nach der Schule gingen wir dann wieder zu uns und von dort zu ihm, und manchmal gingen wir auch gleich zu ihm und dann erst zu uns, denn weil seinem Vater seit dem Autounfall die Kälte schwer zusetzte, fühlte mein Freund sich verantwortlich, immer wieder nach ihm zu sehen. Meist lag er dort in einem Zimmer, in dem auch der Herd stand, im immer gleichen Pullover, dessen Rollkragen er bis unter die Nase gezogen hatte, unter zahlreichen wollenen Decken auf einer ausgezogenen Couch, und die schwere Luft roch nach Räucherstäbchen und Knoblauch, und während ich ein wenig verlegen und unnütz dort herumstand und aus den Augenwinkeln zu ihm hinsah, weil ich unbedingt für mich herausfinden wollte, ob die Schmerzen, aufgrund derer er, sobald er sich rührte, das Gesicht verzog, gespielt oder echt waren, kochte sein Sohn ihm eine neue Wärmflasche auf und bereitete einen Tee für ihn zu, und manchmal briet er uns beiden oder uns dreien sogar noch ein Spiegelei, eine Kunst, für die ich ihn still bewunderte. Da die Wohnung, die in der hinteren Hälfte eines Bauernhauses lag, noch mit Holzöfen befeuert wurde, konnte ich manchmal, wenn ich dort im Zimmer seines Vaters stand, meinem Atem nachsehen, aber noch kälter war es im Zimmer meines Freundes, dem einzig anderen in dieser Wohnung, deren Fenster im Winter in beiden Räumen von oben bis unten vereist waren, und das war auch der Grund, weshalb man derzeit nicht den unzähligen Staubpartikeln nachschauen konnte, die hier unentwegt durch die Luft tanzten, sobald ein etwas schärferes Licht durch die Scheiben fiel.

Gleich neben dem Fenster lagen auf einem Hocker mehrere Farbtuben, und daneben war eine Staffelei aufgestellt, auf der, seit ich den Raum vor Monaten das erste Mal betreten hatte, ein mit einem Tuch abgedecktes Bild stand. Trotzdem kannte ich das Bild, denn einmal, als nur wir beide im Haus waren, hatte mein Freund, so, als würden wir etwas sehr Verbotenes tun, das Tuch langsam und mit aller Vorsicht angehoben, und ich blickte in die großen runden Augen einer Kuh, die, vielleicht weil sie nur zur Hälfte fertig war, ebenso überrascht wie beschämt zu mir zurückblickte. Neben mir hörte ich meinen Freund tief einatmen, und dann hob er mit beiden Händen und ohne es mit den Fingern zu berühren das Foto an, das auf der Staffelei neben dem Bild stand und auf dem genau die Kuh auf genau diese Weise zu sehen war, und er erklärte mir, weshalb sein Vater mit der Rasierklinge gleichmäßige Karos in das Foto eingeschnitten hatte und dass dies die eigentliche Art sei, wie man Bilder male, und er zeigte mir, dass sich diese Karos, in gleicher Weise durch dünne Bleistiftlinien gezogen, auch auf dem Bild wiederfanden, und dann stellte er das Foto an seinen Platz zurück und rückte es noch mal zurecht, und das Tuch schon in der Hand, war es, als saugte er das Bild mit einem letzten Blick noch einmal in sich ein, bevor er es wieder verdeckte. Aber auch das war jetzt schon eine ganze Weile her, und die Staffelei stand immer noch genauso da, und anstatt sich mal aufzuraffen, lag sein Vater wieder nur herum, denn wie unsere Nachbarn, die ihre Möbel draußen vor ihrer Haustür immer nur zur Hälfte abbeizten und dann einfach alles über Wochen und Monate hinweg bei Wind und Wetter stehen und verrotten ließen, sodass sogar der einstmals rosafarbene Gummihandschuh sich nur noch ganz matt aus dem von der Lauge braun gefärbten Rasenstück, in dem er herumlag, abhob, war auch sein Vater ein Mensch, der nichts zu Ende brachte.

Auch wenn die Bilder meines Vaters meinem Freund gefielen, so gefielen sie ihm nicht so gut, wie sie mir gefielen. Aber das lag gar nicht an den Bildern selbst, auf denen doch jeder unendlich viel sehen und entdecken konnte, sondern es lag an dem Neid, den er mir gegenüber empfand, weil ich einen so erfolgreichen und berühmten Vater hatte. Es gab ja überhaupt nur ganz wenige Künstler, die es so weit wie mein Vater gebracht hatten, und anders als die vielen Künstler, die es nicht so weit gebracht hatten, war sein Vater nicht mal ein Künstler. Aber das durfte ich ihm, obwohl er es vermutlich längst selbst fühlte, natürlich nicht sagen, und wenn wir gemeinsam an einer Wiese vorbeikamen, auf der Kühe standen, machte ich ihn sogar auf die Tiere aufmerksam und rief: *Guck mal!*, und ein bisschen hatte mir die halb fertige Kuh seines Vaters ja auch gefallen, und selbst das war nicht schlimm, weil ich ja noch nicht alles verstehen musste. Ich war ja schließlich noch ein Kind, und als Kind besaß ich all die Freiheiten, die die Erwachsenen längst verloren hatten.

Wenn Gäste da waren, blieb der Fernseher normalerweise aus, doch es gab einige unter ihnen, zu denen zum Beispiel auch T. S. gehörte, die darauf bestanden, dass um zwanzig Uhr die *Tagesschau* gesehen wurde. Anders als den Nachrichten im zweiten Programm, die bei uns in dieser

Zeit nie geschaut wurden, weil sie letztlich nur eine Verlängerung der Springerpresse und somit Propaganda waren, schenkte man den Nachrichten im ersten Programm etwas mehr Vertrauen. Doch auch in diesen Nachrichten stimmte längst nicht alles so, wie es in ihnen dargestellt wurde, und oft war sogar genau das Gegenteil dessen richtig, was man dort behauptete. Deshalb wurden die Nachrichten dann, kaum dass sie eingesetzt und der Sprecher die ersten Sätze gesagt hatte, von einigen Gästen und auch von T. S. regelmäßig und lauthals kommentiert, und wenn es schon sonst schwierig war, zu verstehen, worum es überhaupt ging, dann war es jetzt ganz unmöglich. Häufig wurde auch einfach ein Satz des Sprechers herausgepickt und dann mit einer leicht verschobenen Betonung, so, als stellte er sich dadurch wie von selbst bloß, nachgesprochen, und immer blickten alle anderen zu demjenigen, der gerade kommentierte oder nachsprach, hin und nickten ihm auf eine Art wissend zu, als wäre auch ihnen selbstverständlich der Fehler oder die Lüge, die jetzt von ihm noch mal wie eine Flagge in den Boden gerammt wurde, nicht entgangen, und da ich nach den Nachrichten, die ich meist mit den beiden Hunden, die dort eigentlich nichts zu suchen hatten, auf dem Teppich vor dem Fernseher geschaut hatte, sogleich ins Bett musste, schwirrten mir besonders von diesen nachgesprochenen Sätzen oft noch einige im Kopf herum, die ich jetzt im Bett für mich wiederholte: *An der Grenze zur Nachbarregion spitzt sich die Lage seit Tagen dramatisch zu*, oder:

Der Warenverkehr findet seit Dienstag nur noch eingeschränkt statt. Doch konnte ich diese Sätze so oft, wie ich wollte, vor mich hin sagen, nie gelang es mir, diese ausgemachte Lüge, die alle sofort durchschaut, oder diesen offenkundigen Fehler, den alle sofort erkannt hatten, selbst zu entdecken. So wenig wie unsere Hunde, mit denen ich die Nachrichten geschaut hatte, so wenig hatte auch ich in Wahrheit von ihnen verstanden, und deshalb dachte ich jetzt lieber wieder über den Satz meines Vaters nach, den er vor einiger Zeit zu mir gesprochen hatte, nämlich dass unsere Hunde allein darum keine Angst vor Sorgen oder dem Tod hätten, weil sie immer im Jetzt lebten, und es war ja schon an diesem Nachmittag, als er diesen Satz zu mir gesagt hatte, so, dass ich mich ein bisschen von ihm ertappt fühlte, denn seither fragte ich mich, ob ich deshalb noch immer kein richtig guter Schüler war, weil auch ich noch viel zu sehr in diesem Jetzt lebte. Nur konnte ich dagegen ja gar nichts tun, und ich war ja schon um einiges besser geworden, und im Vergleich zum Beispiel zu vor einem Jahr war auch dieses Jetzt viel besser, und morgen würde ich gleich wieder, schon in der ersten Stunde, den Arm heben und mich melden, denn viel wichtiger, als dass man immer alles wusste, war, dass der Lehrer sah, wie man sich bemühte.

Nach dem Sommer stand nun der Schulwechsel bevor, und mitten in den langen Ferien, die ich fast die ganze Zeit mit meinem Freund auf unsrem Grundstück verbrachte, bekamen wir zusammen einen mit Heu ausgelegten Karton geschenkt, in dem sich zwei Meerschweinchen befanden. So wie mein Freund sich gleich mit dem ersten Blick für das hellere entschied, so hatte ich mich bereits für das dunklere entschieden, und im Gegensatz zu seinem Meerschweinchen, das sich, sobald man die Hand in den Karton hinabsenkte, zitternd in eine Ecke drückte, war meines neugierig und ließ sich gern anfassen und herausnehmen. Während mein Freund recht schnell das Interesse an seinem Meerschweinchen verlor, vermisste ich meines, sobald es mir aus den Augen geriet, und wohin ich auch ging, hatte ich den Karton dabei, denn es sollte ja etwas sehen von der Welt, und abends beim Essen oder vor dem Fernseher saß es auf meinem Schoß, und morgens, kaum hatte ich die Augen aufgeschlagen, war es schon wieder bei mir auf der Matratze.

So ging es ein paar Tage, bis meine Mutter uns, als wir gerade aus dem See stiegen, mit erhobenen Händen entgegenkam und bereits von Weitem rief, dass sie gar nicht so schnell habe gucken können, wie diese blöde Boxerhündin da eben auf die Bank vor dem Haus gesprungen sei und den Kopf im Karton gehabt habe, und obwohl sie ihr das Meerschweinchen sofort wieder habe entreißen können, sei es leider knapp zu spät gewesen. Ich sah zu meinem Freund hin. Dann rannten wir beide los. Der Karton dort auf dem Tisch vor der Bank stand noch genauso dort, wie wir ihn zurückgelassen hatten, und wie immer hatte sich sein scheiß Meerschweinchen in die Ecke geflüchtet, und ich hörte meinen Freund neben mir aufseufzen und sah, wie er jetzt mit dem Rücken seines Zeigefingers über den zitternden Leib fuhr, und dann verwischte sich das Bild auch schon, und mein Kopf wurde ganz leer, und während ich fühlte, wie klein und kläglich ich hier dastand, spürte ich, wie meine Verzweiflung sich in Wut und Hass verwandelte, und ich spürte die Lähmung, die mich gleichzeitig befiel, dieses Jämmerliche, das immer nur mich traf. Dabei hatte er sein Meerschweinchen nicht einmal wirklich lieb, und er hatte sich auch gar nicht so angestrengt wie ich, und deshalb, weil es ihm noch nicht einmal wichtig gewesen war, konnte er jetzt diese ganzen Sommerferien über alles lustig finden und über alles blöd herumlachen, weil er nämlich nach den Ferien auf das Gymnasium gehen würde, und selbst wenn alle sagten, dass es ja kein Beinbruch sei, erst mal auf die Realschule zu kommen, konnte ich doch aus ihren Gesichtern herauslesen und aus ihren Worten heraushören, dass sie nur darüber hinwegsprachen, wie enttäuscht sie von mir waren und was für eine Kacke das alles in Wahrheit war.

Mit mir wechselte auch ein Mädchen zur Realschule, das auf stille Art die ganze Zeit über die mit Abstand beste Schülerin in unserer Klasse gewesen war. In völliger Umkehr zu meinem Fall waren es bei ihr die beiden Lehrer, die zuerst die Eltern überzeugen mussten, ihre Tochter wenn schon nicht auf das Gymnasium, dann doch wenigstens auf die Realschule gehen zu lassen, und so wie in ihrem Fall die Lehrer bei den Eltern etwas erreicht hatten, so hatten meine Eltern bei den beiden Lehrern etwas erreicht. Dabei hatte der eine zuerst gar nicht mit sich reden lassen wollen. Als hätten sie Kreide gefressen, so hatten meine Eltern ebenso unermüdlich wie sanft und geduldig auf ihn einsprechen müssen, denn wäre es nach ihm gegangen, diesem Arschloch, hätte man mich gleich und am liebsten für immer auf die Hauptschule abgeschoben. Nur ihrer Hartnäckigkeit und der zaghaften Fürsprache des anderen Lehrers war es zu verdanken, dass ich dann sogar zu Beginn der Ferien zu diesem zweitägigen Eignungstest auf das Gymnasium geschickt wurde, und bis auf ein paar Dinge, die ich einfach nie gelernt hatte, wie zum Beispiel den Umschlag mit dem Brief, den wir dort hatten schreiben müssen und den ich an die Ziehmutter meiner Mutter gerichtet hatte, um mich für die zehn Tafeln Schokolade zu bedanken, die sie mir gerade wieder geschickt hatte, an den richtigen Stellen und für den Postboten leserlich zu beschriften, hatte ich da noch ein eigentlich gutes Gefühl gehabt. Aber das war auch bei dem Intelligenztest nicht anders gewesen, den man einige Wochen zuvor in der Klasse durchgeführt hatte und bei dem ich, obwohl die Ergebnisse der Geheimhaltung unterliegen sollten, noch schlechter als der Schlechteste abgeschnitten hatte, und da jetzt nun mal trotz all dieser Versuche alles so war, wie es war, blieb gar keine andere Wahl, als sich damit abzufinden, dass ich nur auf die Realschule kam, und wenn es doch ganz anders hätte scheinen müssen, so war selbst das am Ende keine Selbstverständlichkeit mehr.

Bisher war ich immer gern in die Kreisstadt gefahren, in die ich jetzt zur Schule gehen würde. Ich kannte mich auch schon gut dort aus, was deswegen leicht war, weil das Städtchen im Grunde nur aus einer einzigen, längeren Straße bestand, die links und rechts mit ein- bis zweistöckigen Fachwerkhäusern bebaut war, die schief aneinanderlehnten. Das Zentrum, durch das diese Straße führte und in dessen Nähe wir immer parkten, bildete der Marktplatz, auf dem einmal in der Woche, jeden Donnerstag, Marktstände aufgebaut wurden. Die meisten Stände fand ich langweilig, besonders die Gemüse- und Blumenstände, aber dann gab es auch noch diesen glatzköpfigen Mann, der in seiner blutigen Schürze hinter der Theke Pferdefleisch verkaufte und der einmal, als ich zu lange zu ihm hinsah, sich in meine Richtung gebeugt und lauthals gewiehert hatte. Auch sonst hatten diese Fahrten in die Kreisstadt, die nur sieben Kilometer von unserem Dorf entfernt war, immer etwas von Ausflügen. Wir fuhren ja nicht einfach nur dorthin, sondern immer musste mein Vater, bevor es dann endlich losging, ungeduldig auf meine Mutter warten, die, um sich für die Stadt zurechtzumachen, immer viel zu lange im Bad brauchte. Dafür stach sie dann aber zwischen den anderen Frauen nicht nur aufgrund ihrer Kleidung, sondern auch wegen ihrer geschminkten Lippen, den frisch lackierten Nägeln und der Wimperntusche deutlich hervor, und mein Vater mit seinem wilden Backenbart und der gebogenen Pfeife im Mund, dem glänzenden Pelzmantel oder dem schwarzen Umhang, den er so wie Dracula trug, war ohnehin nicht zu übersehen, und wenn das natürlich lustig aussah, so war es gleichzeitig doch sehr auffällig, aber auch ich, wenn ich mit meinem blonden Lockenkopf zwischen den Eltern lief, war auffällig, und immer wieder wurden meine Mutter und ich von meist schon betagteren Frauen gefragt, ob sie diese blonde N****krause mal anfassen dürften, und einmal musste meine Mutter sogar richtig streng werden, weil die Frau mit ihren schiefen, knöchernen Fingern meinen Kopf schon sehr zur Seite gezogen hatte und nicht mehr loslassen wollte. Aber das war eine Ausnahme geblieben, und unsere Fahrten in die Kreisstadt waren auch deshalb richtige Ausflüge, weil ich, wenn wir zu dritt unterwegs waren, immer etwas geschenkt bekam, ein Eis, ein Würstchen oder einen Comic, und wenn meine Eltern dort mit den Leuten sprachen, dann hörte ich sofort den Unterschied zu dem heraus, wie sie zum Beispiel mit ihren Freunden sprachen, so, als gälte es, hier alles etwas deutlicher zu betonen, und schon wenn wir in der Nähe des Marktplatzes aus dem Station-Wagon stiegen oder – weil dieses amerikanische Auto mal wieder nicht fuhr – uns aus dem kleinen Fiat meiner Mutter zwängten, war es, als zögen wir wie ein besonderes Licht die Augen aller an, und wenn jemand in diesem Moment einen Blick auf das Städtchen gehabt hätte und dieser Blick meinem Blick gleich gewesen wäre, den ich so häufig in dieses Buch warf, in dem es herauszufinden galt, welche geometrische Form, welches Tier oder welcher Gegenstand hier nicht zu den anderen gehörte, so hätte dieser Jemand schon ein richtiger Trottel sein müssen, wenn er auf diese Frage hin nicht sofort den Finger auf uns gerichtet hätte.

Ich fuhr schon seit einigen Wochen mit dem Schulbus in die Kreisstadt, und weil auch an diesem Morgen einige von denen, die im Bushäuschen warteten, auffällig offen in meine Richtung blickten, verlangsamte ich meine Schritte. Wie ein schlechter Knoten, der einfach wieder auseinandergefallen war, so hatten sich vom ersten Tag des neuen Schuljahrs an all die verhaltenen Freundschaften, die sich über die Zeit im Dorf geknüpft hatten, wieder gelöst, und im Bushäuschen bestimmten erneut die Jahrgangshöheren das Geschehen. Meine ehemaligen Klassenkameraden hatten sofort in diesen Ton mit eingestimmt, der dort in der Hauptschule herrschte, und auf die Realschule zu gehen war ja sowieso das Peinlichste, was es gab, weil da außer Mädchen nur Schwule hingingen. Deswegen musste ich immer, selbst wenn es regnete, außerhalb des Bushäuschens bleiben, und deswegen sah ich an solchen Tagen auch immer wie ein begossener Pudel aus oder so, als ob man mir auf den Kopf gepisst hätte, aber das war immer noch besser, als wenn man mir die Fresse polierte, und wenn ich klug war, sollte ich am besten die Schnauze halten, und um den Tretereien zu entgehen, versuchte ich jeden Morgen, wenn der Bus endlich kam, entweder als Erster oder als Letzter einzusteigen.

Laut war es im Bus und heiß, und wie jeden Tag suchte ich auch diesmal mit fieberhaften Blicken die Sitze nach meinem Freund ab, der, weil der Bus in einem weiten Bogen über die Dörfer fuhr und sich dem See zuerst aus der anderen Richtung näherte, eigentlich schon zwei Stationen vor mir hätte eingestiegen sein müssen, aber wieder war er nicht da, und auch wenn das auf Dauer so doch nicht funktionieren konnte mit ihm und dem Gymnasium, war es schon fast normal, dass er nicht zur Schule ging. So reglos und unauffällig, wie es mir in dem vollen Bus nur möglich war, starrte ich stur zum Fenster hinaus, und an der nächsten Station, kurz hinter unserer alten Schule, stieg meine Mitschülerin ein. Obwohl wir nie miteinander sprachen, spürte ich auch heute ihren Blick, mit dem sie mich jeden Morgen kurz suchte, und fühlte in diesem Moment wieder diese Scham in mir hochsteigen, so, als wollte sie mir mit diesem Blick mitteilen, dass ich trotz des Übermuts, der mich durch dieses letzte Jahr in der Grundschule getragen hatte, trotz der Pausenspiele, die ich in diesem letzten Jahr nicht nur mitgemacht, sondern manchmal sogar mit angeführt hatte, im Grunde genommen immer der Gleiche geblieben war. Und deshalb stand oder saß ich hier jetzt auch wieder allein im Bus, und deshalb wurde mir schon wieder vom Aus-dem-Fenster-Starren der Nacken steif, und deshalb ging ich, wenn der Bus oben am Marktplatz hielt, immer ganz am Rand, den Blick stur auf die Bürgersteigkante gerichtet, die zweihundert Meter auf den Schulkomplex zu, in dem sich links die Hauptschule, mittig die Realschule und rechts dahinter das Gymnasium befand, und während die Mitschülerin sofort eine Sitznachbarin gefunden hatte, mit der sie auch in den kleinen Pausen und ohne ihren Platz zu verlassen inmitten des Lärms und des Aufruhrs, den die Jungs dort veranstalteten, leise tuschelte, saß ich als Einziger in der letzten Reihe allein an meinem Tisch, und wenn etwas in meine Richtung flog, schien ich es nicht zu bemerken, und wenn mein Ranzen von einem Bein zum anderen durch den Raum getreten wurde, schien mich das nicht zu interessieren, und wenn mir mal wieder mit dem gleichen Ausdruck des Ekels, der uns beiden so vertraut war, in die Haare gegrapscht wurde, dann schien mich das nicht zu stören, und die Schmähungen, die die Aussprache immer so feucht werden ließen, schien ich nicht zu hören, denn all das war für mich nichts Neues. Dieses Wissen war es, das wir miteinander teilten, und das Einzige, was wir vielleicht nicht wussten, war, ob ich mich jetzt für den schämen sollte, der ich wieder geworden war, oder für den anderen, den Übermütigen, den auch nur wir beide erlebt hatten.

Als wäre es mir vorausgeeilt, traf ich, wie schon in meinem Dorf, auch in dieser Kleinstadt auf das Bild, das sich meine neuen Mitschüler und besonders die, die den Ton angaben, bereits von mir gemacht hatten, und wenn ich bisher noch nichts über sie wusste, so wussten sie anscheinend doch eine ganze Menge über mich. Es genügte, den Klassenraum mit ihnen zu teilen, um dieses Wissen zu bestätigen und täglich zu erweitern. Jede gemeine Annahme und jeder dumme Einfall schien an mir haften zu bleiben, und weil ich ihre Fantasien mit Leben füllte, gab es auch keinen Zweifel daran, dass bei uns zu Hause es alle miteinander machten und dass meine Mutter es am liebsten mit Kötern trieb, und abends würde ich meinen Kopf immer deshalb in ihren Schoß legen, damit sie mir die Läuse vom Kopf sammelte, und natürlich nicht allein deshalb, sondern weil mein Pimmel voller Krätze war, durfte man sich mir einfach nicht nähern. Und dann konnte man sich bei uns ja auch gar nicht sicher sein, ob wir nicht doch Terroristen waren, denn genau wie die Terroristen waren wir gegen Deutschland, und wie die Terroristen waren wir gegen das Atomkraftwerk, das hier im Landkreis geplant wurde, denn wie die Terroristen wollten wir nicht, dass dieses Atomkraftwerk erst ihre Eltern und später einmal sie ganz reich machen würde, weil wir und die Terroristen nämlich wollten, dass hier alles genauso werden sollte wie in der DDR, und das sei doch der wahre Grund, weshalb wir hierher in die Nähe der Grenze gezogen waren, damit wir dort immer rübergucken konnten, aber noch besser wäre es, wir würden dort rüber verschwinden. Vielleicht kamen wir ja sogar von dort, und vielleicht war ich deswegen als Einziger hier nicht getauft, und meine Brote stanken deshalb immer so, weil sie mir aus der DDR geschickt wurden – und dass meine Brote häufig ein bisschen stanken, war ja tatsächlich wahr, weil meine Mutter sie gern mit Käse belegte, aber auch wenn sie nicht mit Käse belegt waren, stanken meine Brote, und weil ich sie deshalb nicht in der Nähe der anderen essen durfte, irrte ich meist die gesamte große Pause im Gebäude herum, um einen Ort zu finden, wo ich sie essen konnte. Dort vielleicht, unter der Treppe, oder da, im Winkel des Schulhofs mit dem Gesicht zur Mauer, und nach jedem Bissen legte ich mein Brot sofort wieder in die Brotbox zurück und öffnete sie erst wieder für den nächsten, und oft überkam mich ein furchtbarer Ekel vor dem zur Hälfte gegessenen Brot, weil die Oberfläche schon wieder so feucht und matschig geworden war, und das lag entweder an den Tränen, die mir aus den Augen liefen, oder daran, dass ich einfach zu viel speichelte.

Immerhin war es doch so, dass ich fast auf das Gymnasium gekommen wäre. Als ich aber jetzt die ersten Klassenarbeiten zurückerhielt, die Fünf im Diktat, die Sechs in Mathematik, die Vier minus in Englisch, eine weitere Fünf in Musik, da fühlte es sich an, als wäre von der Welt, wie ich sie im Kopf trug, nichts mehr vorhanden, als hätten sich alle meine Vorstellungen so weit von mir entfernt, dass ich nur noch wie blind ins Leere griff, und wenn der Lehrer oder die Lehrerin mir meine Arbeiten auf den Tisch legten und ich in wütender, feurig roter Schrift meine Noten las, dann saß ich dort für den Rest der Stunde und auch über die folgenden Stunden hinweg wie betäubt auf meinem Platz, und die Minuten schlichen vorbei, und alles zog sich noch mehr in die Länge, dort der Arm, der sich seit Ewigkeiten meldete, das nicht endende harsche Kratzen der Kreide des Lehrers an der Tafel, das Grinsen von Ralf drüben im Pulk der Jungen, das niemals aufzuhören schien, und wenn es dann doch irgendwann zum Schulschluss läutete und ich den anderen hinterher zum Ausgang lief, dann spürte ich meine Beine nicht, und das übliche Chaos, das nun herrschte, sah ich zwar, aber der Lärm drang nur wie gedämpft in meine Ohren, und auf dem Weg zur Bushaltestelle war mir plötzlich, als fiele mir erst jetzt gerade wieder ein, dass ich heute diese Arbeit zurückbekommen hatte, so, als hätte ich sie ab dem Moment, da sie mir auf den Tisch gelegt worden war, völlig vergessen, und so konnte das schließlich auch nichts werden.

Über meinem Bett hing ein großes Poster von den Beatles, auf dem ihre Köpfe inmitten von Sonnen, Planeten und Sternschnuppen riesig und hell aufschienen. So, als würde ich mich tief in eine Landkarte hineindenken, studierte ich dieses Poster fast jeden Abend Quadratzentimeter für Quadratzentimeter, und im Englischunterricht, in dem wir alle englische *names* bekamen, wurde mir, da er eine Entsprechung meines deutschen Namens war, der *name* John gegeben, und ein anderer Junge erhielt den *name*

George, und weil uns das doch verband, musste ich mich in diesen Stunden immer zwingen, nicht zu offensichtlich zu ihm hinzusehen, denn er war einer von denen, der fand, dass ich wie ein Spast glotzte. Auch als er jetzt ausgerechnet im Englischunterricht zu mir an meinen Tisch strafversetzt wurde – was in allen Fächern immer mal wieder geschah, dass einer der Jungen, wenn die Unruhe unter ihnen zu groß wurde, plötzlich neben mir landete –, sah ich nur hin und wieder und möglichst flüchtig aus den Augenwinkeln zu ihm hin. Doch bereits so war es ein aufregendes und schönes Gefühl, dass jetzt John und George hier an einem Tisch saßen, und weil George, wie es in diesen Situationen auch die anderen Jungs taten, sich weit abgerückt von mir hielt, stellte ich mir in der Lücke Paul und Ringo vor, und auf diese Weise waren wir endlich wieder alle zusammen, und die ganze Stunde über und sogar später noch im Bus tönten unsere Lieder lebendig und laut durch meinen Kopf.

Entgegen der Ankündigung des Klassenlehrers vom Vortag bekamen wir die Religionsarbeit dann doch noch nicht zurück. Wie nebenbei teilte er uns mit, erst am folgenden Sonntag zur weiteren Korrektur zu kommen. Diese Nachricht wirkte auf mich wie ein Schwall frische Luft, und in der zweiten Hälfte der Stunde wurde es deshalb viel leichter, seine Worte aufzunehmen, und die Geschichte vom Paulus, der, bevor er zum Paulus geworden, jemand gewesen war, der mit furchtbarem Eifer die genau entgegengesetzten Ziele verfolgt hatte, war gar nicht so uninteressant, und dann wurde dieser Tag sowieso immer besser, weil wir nur noch drei Stunden vor uns hatten, und anders als nach der fünften kam der Bus nach der vierten Stunde meist sofort und war längst nicht so voll wie nach der sechsten, und dass ich mich nun nicht mehr, weil er vor einigen Wochen zurück zu seiner Mutter nach Hamburg gezogen war, jeden Morgen im Bus und dann wieder nach Schulschluss an der Haltestelle mit diesem wehen Hoffen nach meinem Freund umsehen musste, war eigentlich eine Erleichterung.

An einem grünen Wollfaden, den ich selbst gebunden hatte, hing mir in durchsichtiger Schutzfolie die Monatskarte vom Hals, aber trotzdem hatte ich sie vorhin, als ich in den Bus einstieg, um sie besser vorzeigen zu können, abnehmen müssen, denn es war der strenge Busfahrer gewesen. Erst kürzlich hatte er mich morgens, weil ich die Monatskarte zu Hause vergessen hatte, einfach an der Haltestelle stehen lassen, und obwohl ich es mir eigentlich während der ganzen Fahrt über alle Dörfer hinweg fest vorgenommen hatte, ihn zu fragen, ob er mich heute vielleicht schon an der Ecke herauslassen könnte, hatte ich es auch diesmal nicht gewagt. Dafür aber hatte ich wieder ganz vorn gesessen, und wenn ich natürlich gegen das Rauchen war, so mochte ich es doch, den scharfen Geruch seiner Zigaretten einzuatmen, die er sich eine nach der anderen anzündete, und anstatt mich wegzuwenden, hatte ich meinen Kopf in den Qualm hineingebeugt, und das riesige Lenkrad, das er nur in den Kurven mit beiden Händen umgriff, hatte sich nicht rund, sondern merkwürdig eiernd bewegt. Vom Bushäuschen jetzt nach Hause zu laufen war auch deshalb nicht schlimm, weil an diesem Tag die Müdigkeit sich nicht so bleiern anfühlte, und als ich zwischen den beiden Bauernhöfen mein Lächeln noch mal übte, vollbrachte mein Gesicht es wie von selbst und war nicht so eingefroren wie sonst, und ich war ja auch tatsächlich froh, dass wir die Religionsarbeit nicht zurückbekommen hatten, und der Tag war auch deshalb gut, weil der Klassenlehrer am Ende der Stunde vergessen hatte, uns Hausaufgaben aufzugeben, und *gut* war ja auch jeden Tag die Antwort, wenn mich meine Mutter fragte, wie denn mein Tag in der Schule gewesen sei, und das Lächeln, mit dem ich meine knappe Antwort dann immer zu begleiten suchte, würde mir heute wohl nicht mal eine Anstrengung abverlangen.

Da ich kaum eines der Spiele, sei es *Malefiz*, *Mensch ärgere dich nicht*, *Mühle*, *Mau-Mau* oder *Monopoly*, auf die mein Freund und ich uns an unzähligen Nachmittagen nach meist langwierigem Hin und Her mühsam geeinigt hatten, allein fortsetzen konnte, schrumpfte mein Spielverhalten jetzt, wo der Freund nicht mehr hier lebte, auf ein sehr einfaches Kartenspiel zusammen. Das dazu notwendige 32er-Blatt trug ich, wenn auch gut verborgen, nahezu immer mit mir herum. Die Spielidee bestand darin, dass ich, nachdem ich die Karten gründlich gemischt hatte, den Stapel in zwei gleich große Haufen teilte, die jetzt verdeckt vor mir lagen. Dann hoben meine rechte und meine linke Hand die beiden obersten Karten gleichzeitig an, und die höhere Karte stach die schwächere und entführte sie auf ihre Seite. Bei Gleichstand, wie etwa Acht und Acht oder Dame und Dame, mussten von jedem Stapel die drei obersten Karten verdeckt in die Mitte gelegt werden, und die jeweils vierte Karte entschied dann über den Sieg all dieser Karten. Nach jedem Durchgang wurde neu gemischt, und erst wenn der eine Stapel ganz im anderen aufgegangen war, endete das Spiel. Sobald ich in meinem Zimmer allein war oder, weil frische Luft mir guttat, ich mich irgendwo auf dem Grundstück an einem halbwegs windstillen und unbeobachteten Ort befand, hockte ich mich nieder, und jedes Mal wirkte dieser Moment, da ich die ersten beiden Karten umdrehte, den ich mir schon in der Schule so sehnlich herbeigewünscht hatte und nach dem ich auf der Rückfahrt im Bus fast schon schmerzlich gegiert hatte, als könnte ich endlich aufatmen, als fiele mit einem Schlag auch die ganze Last des Tages von mir. Allerdings zwang ich mich dazu, hin und wieder aufzuhorchen und mich nicht voll und ganz dem Spiel hinzugeben. Es war neulich nämlich erst geschehen, dass meine Mutter, als ich gerade über den Karten kniete, plötzlich in meinem Türrahmen gestanden und zu mir hinabgesehen hatte, und obwohl sie auch später nichts weiter dazu sagte, war mir, so erlebnisreich und befreiend diese Abläufe auch für mich waren, doch bewusst, dass diese Beschäftigung, mit fremden Augen betrachtet, auch etwas Begrenztes und Einsames an sich hatte. Das war auch der Grund, weshalb ich die Karten seitdem, als hätten sie plötzlich Feuer gefangen, schon bei dem kleinsten Geräusch in meiner Nähe aus den Händen warf oder immer etwas im Blick hatte, womit ich sie schnell bedecken könnte, was vor allem dann besonders ärgerlich wurde, wenn der linke Stapel an Größe zunahm, denn ich war alles andere als neutral. Mit flackernden Bildern vor Augen und innerlich zitternd vor Aufregung fieberte ich mit jeder Karte der linken Hand. Diese linke Hand, das waren die Indianer, die – halb nackt – von der Armee niedergemetzelt wurden, die Sklaven, die in stickigen Bootsbäuchen in Ketten lagen. Für sie und alle anderen, die sich schutzlos einer brutalen Übermacht gegenübersahen, spielte ich dieses Spiel, und so wie all diese Menschen nun in meiner linken Hand vor Kurzem noch unvorstellbare und nie da gewesene Siege feierten, fand auch ich mich in dieser ungeschickten linken Hand, die der rechten in so vielem nachstand und weder einen Ball werfen, geschweige denn einen Stift halten konnte, auf das Ganze gesehen vollständig verkörpert.

Es war ja so, dass weder mein Vater noch meine Mutter dies alles überhaupt noch verstehen konnten, und vielleicht gab es daran auch gar nichts zu verstehen, denn es war auch dieses Mal wieder so, dass ich nicht das Falsche gelernt hatte, und das machte alles nur noch unbegreiflicher. Jetzt, als der Bus wieder an der Ecke hielt, weil es heute mal der nette Fahrer war, da wäre ich am liebsten sitzen geblieben, und erst als er mir im Rückspiegel freundlich zunickte, erhob ich mich, hörte auf den Stufen zur offenen Tür meine klamme Stimme ein *Danke* nuscheln und sah dann dem Bus hinterher, bis er abseits der beiden Bauernhöfe entschwand. Hinter den Bäumen lag still der See, und es war hier, ganz in der Nähe der Badestelle, wo, einige Jahre bevor mein Vater das Schlösschen gekauft hatte, ein Kind ertrunken war, ein kleiner Junge, den man nur deshalb gefunden hatte, weil die silbernen Schnallen seiner Hosenträger aus der dunklen Tiefe heraufgeblitzt hatten. Noch immer wurde darüber gesprochen, und wenn das Küchenfenster geöffnet war, dann hatte meine Mutter den Bus vielleicht sogar schon gehört. Und selbst falls sie ihn nicht gehört hatte, wartete sie sicher schon ein bisschen angespannt in der Küche auf mich, denn heute war einer der langen Schultage gewesen. Mein Vater saß deshalb jetzt auch schon, sein in Leder eingeschlagenes Zeichenbuch neben sich, im Wohnzimmer und blätterte, während er sich bis zum Essen in Geduld üben musste, in der Zeitung. Mit ein bisschen Glück würde er, wenn ich gleich mit den Tellern hereinkam, vielleicht gar nicht zu mir hinsehen, und dann würde er auch nicht dieses dämliche Grinsen erblicken, das bereits jetzt, obwohl ich noch nicht mal am Tor angelangt war und obwohl doch genau das gegenteilige Gefühl hinter den Augen drückte, von meinem Gesicht Besitz ergriff.

Erst vor ein paar Tagen hatte es, ohne dass ich irgendetwas dagegen hatte tun können, das gesamte Mittagessen über wie eingemeißelt auf meinem Gesicht gestanden, und das war fast noch schlimmer als all das andere gewesen, denn wie vor ein paar Tagen gab es auch heute nicht den geringsten Grund für dieses dämliche Grinsen, und außer bei mir war die Arbeit, die anscheinend auch nicht schwer gewesen war, nicht so schlecht wie sonst ausgefallen, und als der Lehrer sie mir als Letztem auf den Tisch legte, denn wie immer wurde sie in der Reihenfolge von der besten hinab bis zur schlechtesten Note ausgeteilt, war es selbst ihm peinlich, zu mir hinzuschauen, und als ob ich durch einen Schleier blickte, sah ich auch jetzt wieder den Holger vor mir, der wie von Sinnen alle paar Sekunden aufgesprungen war und mit ungläubig leuchtenden Augen *Eine Drei, eine Drei!* gerufen hatte, und dann war ja noch in einigen Tagen Elternabend, und von der Religionsarbeit hatte ich bisher gar nichts zu Hause erzählt. Heute aber würde meine Mutter mir bestimmt schon im Flur ansehen, dass das wieder nichts geworden war, und mit diesem leeren Blick würde sie dann wiederholen: *Fünf minus*, und meinem Vater würden bei der Nachricht die Mundwinkel herabsinken, und nach den ersten Bissen würde meine Mutter bereits das Besteck beiseitelegen, weil sie der Appetit verlassen hatte, und mein Vater würde erneut mit den Schultern zucken und, den Kopf schräg zum Teller hin, sich wieder über die Zeitung beugen, denn es war ja seine Mittagspause, aber den an normalen Tagen anschließenden Kaffee, den würde er heute wieder nicht wollen, weil es tatsächlich anstrengend war, dass meine Mutter sich das alles immer wieder erklären musste. Dabei hatte sie doch recht, und es war ja auch wirklich nicht so, dass sie irgendetwas falsch gemacht hatte, und auch nicht so, dass sie beide nicht alles taten, damit es mir gut ging, und es war auch nicht so, dass ich nicht alles hatte, was ein Kind nur haben konnte, und erst recht war es nicht so, dass es Gründe gab, die diese Misere auch nur im Ansatz hätten erklären können, sondern am Ende war es schlicht so, wie ich hinter meinem steinernen Grinsen selbst am besten wusste, dass ich auch mit dem besten Willen diesen Mist und Scheiß einfach nicht in diesen beknackten Kopf hineingehämmert bekam.

Obwohl nie eine sonderlich gute Schülerin, so war meine Mutter doch immer gern zur Schule gegangen, und deshalb war jetzt im Nachhinein die Schulzeit für sie auch die schönste Zeit ihres Lebens gewesen, und da dies eigentlich allen Menschen so ging, würde auch ich mich irgendwann nach dieser Zeit zurücksehnen. Dass dies ausgerechnet bei meinem Vater nicht so war, lag einerseits daran, dass bei ihm sowieso alles immer ein bisschen anders war, mehr aber noch an den schwierigen und chaotischen Verhältnissen, die er als Kind erlebt hatte, und obgleich bei mir das genaue Gegenteil der Fall war, spürte ich, wie wohl es mir tat, mich an diesen Gedanken zu klammern, und darum drehte ich jetzt auch wieder meinen Kopf stolz zu dem Regal hin, in dem seit Neustem in einer langen Reihe all die Bücher standen, die er in seiner Kindheit besessen und gelesen hatte, und auch das Buch, das ich gerade angefangen hatte, war eines davon, und weil ich noch nicht in die Geschichte eingetaucht war, blätterte ich zum Vorsatz zurück, wo, in einer viel geschmeidigeren Schrift als der meinen, fast schon in der gleichen Art, mit der er heute seine Grafiken und Bilder signierte, sein Name stand. Da ich nun jeden dieser Buchstaben einzeln betrachtete, versuchte ich, mir vorzustellen, wie mein Vater früher, so wie ich jetzt auf meinem, auf seinem Bett gelegen und in diesem Buch gelesen hatte, aber allein die Pfeife aus seinem Mund wegzudenken, bereitete mir schon eine große Mühe, und während ich jetzt das Buch sinken ließ und an meinen Beinen entlangsah, fragte ich mich, ob mein Vater und ich, wenn wir uns im gleichen Alter begegnet wären, wohl Freunde geworden wären, aber kaum dass ich mir die Frage gestellt hatte, fühlte ich bereits, wie allein ich mit ihr bleiben würde und dass die Antwort darauf so fern und unbestimmt war wie die Vorstellung, selbst irgendwann ein Mann zu sein.

Die Bücher, die ich nun besaß und die ich jetzt in jeder freien Minute aufschlug, ergriffen regelrecht Besitz von mir. Immer wieder zählte ich sie durch und ordnete sie um, und sobald ich in ihnen zu lesen begann, verschmolz ich mit den Helden. Ich war es dann, der mit den Wildgänsen flog oder, in der Apfeltonne versteckt, dem Gespräch der Piraten lauschte, und weil deshalb auch ich es war, der, aufgrund der Umstände, die in den Büchern herrschten, regelmäßig über sich hinauswuchs, fiel es mir auch immer so schwer, sie wieder aus der Hand zu legen und dem wahren Tag ins Gesicht zu blicken, denn in diesem wahren Tag gab es nichts, woran ich mich bewähren konnte, und als ob es einer Erinnerung daran bedurfte, lagen die Hausaufgaben, die ich heute noch zu tun hatte, diese Hefte in ihren schönen, bunten Schutzumschlägen, in die ich gleich mit meiner furchtbaren Klaue hineinkrakeln würde, bereits auf meinem Schreibtisch, und eben noch auf meinem Bett zwischen den Seiten in leichter Luft, merkte ich, wie mir die Brust auf dem Weg dorthin schon wieder eng wurde. Als flögen sie aus, entschwanden die Abenteuer in der Ferne, und in der Einsamkeit, die mich jetzt auf meinem Stuhl empfing, stellte ich mir vor, ein Junge von der anderen Seeseite zu sein, und wie in den Büchern waren es auch jetzt nur die Umstände, die andere waren, denn der, den ich vor mir sah, war ich selbst, und ich spürte das Mitleid, das alle, die mich erblickten, mit mir hatten, denn meine Eltern waren geschieden, und ich lebte dort in großer Armut mit meinem nichtsnutzigen Vater. Seit Wochen schon hatte er mich in dem kleinen Haus allein gelassen, und auch die Vorräte waren längst verbraucht. Sogar die Kartoffelschalen hatte ich essen müssen, und weil es sonst keinerlei Hoffnung mehr gab, hatte ich mich mit letzter Kraft zum Seeufer geschleppt und mit ersterbender Stimme zum erleuchteten

Schlösschen auf der anderen Seite hin gefleht, und es war so dunkel und kalt, und die Augen fielen mir zu, als wäre der Tod ganz nah, und wie aus einem letzten Erwachen heraus hörte ich leise den Ruderschlag, der sich sanft näherte, und es war meine Mutter, die mich jetzt mit einer warmen Wolldecke umfing. Oder ich stellte mir vor, ich sei in eine der Bauernfamilien hineingeboren, in der man mich wegen meiner Locken schon seit Jahren im Kuhstall versteckt hielt. Dort hatte ich dann aber nicht nur die Sprache der Tiere, sondern auch fließendes Hochdeutsch erlernt, denn eines Nachts hatte ich todesmutig das einzige Buch, das es dort gab, aus dem Haupthaus entwendet, und die Lieder der Beatles, die ich selbst nie gehört hatte, hatte ich mir einfach ausgedacht und trällerte sie nun, sobald alle schliefen, mit meiner einnehmenden Stimme vor mich hin, und so hatte mich auch meine Mutter vernommen, die, obwohl es doch eigentlich schon viel zu spät dafür war, dort eigentlich nur nach Eiern fragen wollte, und sie hatte durch das enge Stallfenster geschaut, und scheu war ich über das Stroh zu ihr hingekrochen und hatte zu ihrem schönen Gesicht hinaufgeblickt, und seitdem verbarg sie mich jetzt hier bei sich, wo es angenehm und behaglich war, und noch erstaunlicher war, wie mühelos ich alles, was man mir beibrachte, auch sofort lernte. Oder ich stellte mir vor, ich würde in der Arbeitersiedlung aufwachsen, und das Einzige, was mich interessierte, war Lesen, und obwohl mich mein Vater jedes Mal, wenn er mich mit einem Buch erwischte, grün und blau schlug, fuhr ich trotzdem tapfer jeden Tag zum Schlösschen am See, denn hier lieh man mir die Bücher, und weil meine Mutter den Anblick dieses verbeulten Gesichts eines Tages nicht mehr ertragen konnte, ging sie zu dem schäbigen Haus, in dem ich wohnte, und ängstlich stand ich hinter ihr und hielt mich an ihrer Jacke fest, und die hagere Frau, die ihr öffnete, war auch grün und blau geschlagen, und aus dem Inneren lärmte der Mann, und meine Mutter bot ihr hundert Mark für mich, und dann wurde die Frau, die in Tränen ausbrach, unsanft von ihrem Mann beiseitegeschoben, denn er wollte hundertfünfzig Mark, und auch das bezahlte meine Mutter, und jetzt war ich hier, und den ganzen Tag konnte ich lesen, und nur manchmal, wenn ich an mein früheres Leben zurückdachte, schreckte ich jäh auf. Und dann wieder stellte ich mir vor, ich sei ein Kind, das man eines Morgens halb nackt und mit völlig aufgeschürften Händen und Füßen, da, wo es sich aus den engen Eisen gewunden haben musste, mit denen es an Ketten gefangen gehalten worden war, hier zusammengerollt auf der Wiese gefunden hatte, und mein Atem war schon ganz schwach, und man brachte mich vorsichtig in dieses Zimmer hinauf und legte mich in das weiche Bett, und weil man weder wusste, was mir angetan worden war, noch, ob ich weiter verfolgt werden würde, durfte man mich keine Minute aus den Augen lassen, und weil natürlich nachts die Gefahr am größten war, saß unten vor der Tür die Englische Bulldogge, und meine Mutter schlief auf einer Liege vor meinem Zimmer, und neben meinem Bett thronte die Boxerhündin, deren Lefzen sich schon beim kleinsten Geräusch blähten.

Wie jeder Tag rückte auch dieser voran, und wie an allen anderen Tagen trieb ich auf seinen Wellen, und vorhin, als ich aus der Schule gekommen war, da hatte ich wieder dieses verquälte Gesicht gehabt, und meine Mutter hatte mich in den Arm genommen, und mir waren Tränen in die Augen gestiegen, und dann setzte ich mich an den Tisch, und meine Mutter stellte das Essen in seine Mitte, und dann tat sie mir als Erstem auf und warf dabei einen besorgten Blick zu meinem Vater hin, der nun gleich viel lustiger als sonst war und viele kleine Witze machte, über die meine Mutter laut lachte, und da sie in ihrer Fröhlichkeit beständig zu mir hinsah, merkte ich, wie es auch in mir zu glucksen begann, und dann sagte sie, dass wir uns von dieser blöden Schule doch nicht unterkriegen lassen würden, und mein Vater stimmte sofort zu, und jetzt erneut zu hören, dass er sogar sitzen geblieben war, und das dazu noch zwei Mal hintereinander in der gleichen Klasse, tat auch heute wohl, und wie immer, wenn er es erzählte, hing ich an seinen Lippen, und mir war, als flüchtete ich gerade aus dunkler Bedrängnis durch eine schmale Tür in ein helles heimeliges Häuschen. Selbst der Pfeifenrauch, hinter dem er jetzt verschwand, schien mich zu schützen, und leichthändig begann ich, meiner Mutter zu helfen, den Tisch abzuräumen.

Aber schon auf dem Weg hinauf in mein Zimmer fühlte ich, wie der Mut mich wieder verließ, wie die Wände, die mich eben noch gehalten hatten, wankten, und in der Vertrautheit meines Zimmers ergriff der Tag dann wieder von mir Besitz, und was mein Vater eben erzählt hatte, nützte schon deswegen so wenig, weil er ja zuerst ganz mühelos auf das Gymnasium gekommen war und erst viele Jahre später, weil ihn das schlicht nicht mehr interessierte, seine Mitarbeit dort verweigert hatte, und meine Mutter wiederum hatte niemanden gehabt, der ihr half, und weil sie deshalb alles von Anfang an allein machen musste, hätte es sie schon glücklich gemacht, wenn es jemanden gegeben hätte, der sich wenigstens dafür interessierte, was sie überhaupt in der Schule tat, und da dies alles bei mir ganz anders war, so war es doch auch so, dass sie, wenn sie ihrerseits an meiner statt hier auf diesem Grundstück mit diesen Eltern aufgewachsen wären, ihnen nicht diese Sorgen und Probleme bereitet hätten, sondern ganz im Gegenteil eine Fröhlichkeit und Dankbarkeit an den Tag gelegt hätten, die ich, weil es ja kein Kind gab, das seine Eltern absichtlich enttäuschte, zu empfinden nicht imstande war.

Vielleicht war es tatsächlich so, dass meine Gedanken viel zu selten da waren, wo sie sein sollten, und stattdessen ein Eigenleben führten, und weil sie dieses Eigenleben führten, führten auch meine schulischen Leistungen dieses Eigenleben. Wenn ich das Gefühl hatte, etwas richtig gemacht oder verstanden zu haben, dann nur, weil meine Gedanken mir vorgaukelten, dass ich es richtig gemacht oder verstanden hatte, und da dies immer wieder zu bösem Erwachen geführt hatte, verließ mich jetzt, auch wenn ich mir ganz sicher war, etwas zu wissen, kaum dass ich den Arm zur Meldung gehoben hatte, der Mut, und wenn ich dann aufgerufen wurde, platzten mir die Worte erwartungsgemäß eckig und umständlich aus dem Mund hervor, und der Lehrer musste mir helfen, den Satz zu beenden, und ordnete ihn anschließend um, und auch zu Hause fiel es mir häufig schwer, die einfachsten Dinge auszudrücken. Zum Beispiel hatte ich beim Abendbrot nur gewollt, dass mein Vater mir den Käse reichte, der weit von meinem in der Nähe seines Tellers lag, aber je länger ich zu dem Käse hinsah, desto verschwindender schien mir meine Fähigkeit, diese Bitte verständlich und fehlerfrei zu äußern, und da ich merkte, wie mein Gesicht, während sich in meinem Kopf die verschiedensten Wortketten zusammenreimten und wieder auseinanderschoben, nicht nur einen angestrengten, sondern auch einen blödsinnigen Ausdruck annahm, wurde mir von Neuem bewusst, dass hinter diesem aussichtslosen Bemühen und dieser Unordnung, die in mir herrschte, ein Trottel lebte, der, weil er bis jetzt von außen geschont und ganz in seinem eigenen Leben zu Hause gewesen war, das Trottelige seines Wesens nun erst erfasste.

Durfte ich, weil ich mit meinen Hausaufgaben nicht zurande gekommen war oder die Zeit bis dahin einfach verplempert hatte, an diesem oder jenem Abend die *Sesamstraße* nicht anschalten, dann war das ein Drama für mich, denn diese halbe Stunde von achtzehn Uhr bis achtzehn Uhr dreißig war die schönste des ganzen Tages. Meist hatte mir meine Mutter schon ein Glas heiße Milch mit Honig gemacht, denn außer für die Nerven war das auch gut für die Konzentration, und so saß ich um Punkt sechs auf dem Teppich im Wohnzimmer, und der Fernseher lief schon seit einer kleinen Weile, und als der Jingle ertönte, da trat, so freute ich mich, ein helles Grinsen auf mein Gesicht, und noch während der Eröffnungsbeitrag lief, sah ich bereits das erste Mal zur Wanduhr hin, nur um für einen Moment beklommen festzustellen, wie schnell auch dieses Mal wieder die herrlichen Minuten verrannen. Mit Abstand am besten waren die Szenen mit Puppen und von denen besonders die mit den Monstern, aber auch die Zeichentrickeinspieler waren lustig. Langweilig wurde es eigentlich nur, wenn echte Menschen gezeigt wurden, und weil sie kostbare Zeit stahlen, waren diese Beiträge immer viel zu lang. Auch am vorigen Abend war mir ein solcher Beitrag viel länger als die anderen erschienen, aber nicht nur beim anschließenden Abendbrot, sondern auch noch später im Bett, nachdem ich das Licht ausgeschaltet hatte, musste ich immer wieder an diesen Jungen denken, der Ali hieß und noch nicht lange dort wohnte, wo er wohnte. Die Mitschüler äfften sein Deutsch nach, das nicht so gut war, weil er aus der Türkei gekommen war, und darum nannten sie ihn auch Kümmeltürke und Hammelfresser und hielten sich die Nase zu, wenn er in die Klasse kam, und so wie ich saß auch Ali allein an seiner Bank, und auf dem Rückweg von der Schule wollte niemand neben ihm gehen, und weil sein Vater unaufhörlich arbeitete, war der einzige Mensch, den er hatte, seine Mutter. Wenn er nach der Schule mit dem Zeigefinger die Zeilen in seinem Buch entlangfuhr und versuchte, die fremden und schweren Worte zu buchstabieren, strich sie ihm dabei durchs Haar, und in seinem kleinen, kahlen Zimmer stand bisher nur ein Bett, und als ich mir dann die Bettdecke bis über den Haarschopf gezogen hatte, da war mir, als empfände Ali nach den Anstrengungen und Aufregungen des Tages dort in diesem Bett gerade die gleiche Ruhe und Gemütlichkeit wie ich, und heute Morgen auf dem Weg zur Bushaltestelle hatte ich mir dann vorgestellt, ich ginge nicht durch das Dorf, sondern so wie Ali die graue, bebaute Straße entlang, die sein Schulweg war, und im Städtchen angekommen, hatte ich mich, weil noch ein bisschen Zeit war, an der Bushaltestelle herumgedrückt, um zu schauen, ob nicht vielleicht einem der anderen Busse ein Junge wie Ali entstieg, und eben, als der Lehrer gesagt hatte, dass wir das Buch auf Seite neununddreißig aufschlagen sollten, da hatte ich es erst ein bisschen und dann noch ein Stückchen weiter nach rechts geschoben, so, als ob es da jemanden neben mir gäbe, der mitlesen wollte.

Natürlich wussten meine Eltern, dass ich es in meiner Klasse nicht immer einfach hatte, aber gleichzeitig war es so, dass meine Eltern es mit mir auch nicht ganz leicht hatten, und weil es sehr viel schönere Dinge gab, als sich um jemanden Sorgen zu machen, gab es für mich auch kaum eine peinlichere Vorstellung als die, sie könnten erfahren oder womöglich erleben, wie es mir dort in meiner Klasse wirklich ging und wie meine Klassenkameraden tatsächlich zu mir waren. Aus diesem Grund, weil ich fürchtete, dass, wenn ich einem oder – noch schlimmer – gleich mehreren von ihnen dort zufällig begegnen würde, ihr Verhalten mir gegenüber meinen Stand, den ich in der Klasse einnahm, sogleich sichtbar werden lassen könnte, suchte ich jetzt, wenn ich meine Mutter oder meine Eltern ins Städtchen begleiten sollte, immer nach einer Ausrede, zu Hause bleiben zu können, und wenn die nicht verfing, suchte ich, im Städtchen angekommen, nach einer Ausrede, im Auto sitzen bleiben zu dürfen, und wenn auch die nicht verfing, lief ich verdruckst und verschüchtert nebenher, und sobald wir beim Bäcker oder Fleischer, im Tabakwarenladen oder, weil man auf einen Bekannten gestoßen war, einfach auf offener Straße haltmachten, klappte ich das jeweilige Buch auf, das ich zum Schutz dabeihatte, denn sobald ich meinen Blick darin verbarg, fühlte ich mich weniger angreifbar. Zurück im Auto, brach eine angenehme Erschöpfung über mich herein, und wenn ich meine Stirn an die Scheibe lehnte, fühlte ich, wie heiß sie noch war, und dabei waren wir schon fast wieder aus dem Städtchen heraus, denn der vertraute Weg führte jetzt an den kleinen, roten Backsteinhäusern vorbei, wie sie, nur hier viel zahlreicher, auch bei uns im Dorf standen. Einen Gastarbeiterjungen wie Ali jedoch, den gab es hier noch nicht, das wusste ich, weil ich es mir hatte erzählen lassen. Dafür waren wir nicht nur viel zu weit weg von allem, sondern auch viel zu sehr am Rande.

Allein wegen seiner schlechten Deutschkenntnisse wäre es für Ali wichtig gewesen, einen Freund zu haben, jemanden, der ihn freundlich verbesserte und mit dem er auch seine Hausaufgaben gemeinsam machen konnte, jemanden, für den es angenehm war, dass er neben ihm saß, der geduldig auf alle Fragen antwortete und sich freute, wenn die Worte richtig wiederholt wurden, jemanden, der ihn immerzu und gern lobte, weil er wusste, wie bedeutend es war, dem anderen Mut zu machen, und da ich nun den Kopf hob, sah ich wieder zum Regal mit den Büchern hin, und ein bisschen war das ja auch wie Deutschlernen gewesen, denn als ich diese Bücher meines Vaters vor einiger Zeit in Hamburg in der Wohnung meiner Großmutter geschenkt bekommen hatte, war ich eigentlich zuerst enttäuscht gewesen, weil die meisten von ihnen in dieser alten Schrift gedruckt waren, die Fraktur heißt und die zu entziffern ich gar nicht in der Lage war. Aber schon nach der zweistündigen Rückfahrt konnte ich, weil ich die Augen hartnäckig immer wieder über dieselben Zeilen hatte wandern lassen, die ersten Seiten von *Robinson*

Crusoe fast flüssig lesen, und mittlerweile fiel es mir gar nicht mehr auf, ob ein Buch in dieser alten oder in neuer Schrift gedruckt war, und deshalb stimmte es auch hier, dass, wenn man etwas wirklich wollte, es wie von selbst, quasi im Flug, zu einem kam. Jedoch war auch das, wie alles andere, eine reine Kopfsache, und vor allen Dingen durfte man gar nicht erst denken, dass etwas zu schwierig für einen sein könnte, und oft, wenn der Kopf dann voll war und nichts mehr hineinpasste, war es gut, eine Pause zu machen und die Gedanken sich selbst sortieren zu lassen. Ich zum Beispiel holte dann mein Kartenspiel hervor, und wenn ich ein bisschen vor mich hin gemacht hatte, sah ich danach manches viel klarer, aber alles konnte ich natürlich auch nicht, und deshalb bekam ich jetzt auch Nachhilfe. Meine Mutter brachte mich ein- oder zweimal die Woche mit dem Auto dorthin, und auch wenn die Chance nicht besonders groß war, so hoffte ich doch inständig, dass die junge Frau, die mich unterrichtete, weil sie, wenn sie ihr Kind bekommen hatte, später dann selbst als Lehrerin anfangen würde, bitte an meine Schule und dort in meine Klasse kommen möge, denn anders als meine Lehrer verstand sie, was ich nicht verstand, und wenn sie sich mit mir über mein Rechenheft beugte, roch ich ihren süßlichen Atem, der immer so war, als hätte sie gerade einen Keks gegessen, und sie sah auch nicht nur das, was ich falsch machte, sondern auch das, was ich richtig machte, und lustig war sie obendrein, und wenn meine Mutter mich wieder abholte, war auch sie, nachdem sie mit meiner Nachhilfelehrerin noch ein paar Worte gewechselt hatte, danach immer viel ausgelassener. Im Rhythmus des jeweiligen Liedes aus dem Radio klopfte sie, bis wir wieder zu Hause waren, den Takt auf dem Lenkrad mit, und das Gefühl, dort in guten Händen zu sein, verband uns, aber noch besser war das Gefühl, zu wissen, dass, wenn jetzt bei der nächsten Arbeit wieder alles schiefging, ich nicht mehr die alleinige Schuld daran trug.

An der Sinnhaftigkeit der Nachhilfe bestand wenig Zweifel, aber gar kein Zweifel bestand daran, dass sie teuer war, und wie alles andere auch musste mein Vater sie bezahlen. Als derjenige, der das Geld verdiente, war er auch derjenige, in dessen Hand es lag, und sooft ich es bereits erlebt hatte, immer war mein Blick, wenn er seine Brieftasche hervorzog, voller Ehrfurcht auf sie gerichtet. Bevor meine Mutter mit mir oder allein ins Städtchen fuhr, um Einkäufe zu tätigen, bestand ihre Aufgabe regelmäßig darin, meinem Vater meist beim oder nach dem Mittagessen ins Gedächtnis zu rufen, dass sie dafür Geld brauchte. Zu der Geschicklichkeit, den richtigen Zeitpunkt für dieses Ersuchen abzupassen, gehörte, dass man es wie beiläufig bereits ein bisschen ins Tischgespräch einfädelte, und wenn meine Mutter jetzt zu erzählen anhob, wen sie das letzte Mal im Städtchen getroffen hatte und dass sie nachher auch noch mal dort hinmüsse, weil dieses und jenes fehle, und ob es nicht etwas gebe, womit sie ihm bei der Gelegenheit einen Wunsch erfüllen könne, dann baute sich, während mein Vater ihre Rede sowohl desinteressiert wie hellhörig, als hätte er schon eine Vorahnung ihres Zweckes, mit einem säuerlichen Nicken quittierte, eine Spannung im Raum auf, die erst wieder abfiel, wenn er seine Brieftasche hervorgezogen hatte und, je nach seiner Laune, ein etwas größerer oder kleinerer Schein hurtig zusammengerollt mit einem Klack in der Geldbörse meiner Mutter verschwunden war. Einmal im Monat zur Taschengeldausgabe war es dann an mir, meinen Vater um Geld zu bitten, aber dafür war es jetzt vielleicht schon ein bisschen zu spät, und vor ein paar Tagen, als ich es mir fest vorgenommen hatte, da hatte mich plötzlich der Mut verlassen, und dann hatte ich meine Mutter gefragt, die immer ganz erstaunt war, wie schnell auch dieser Monat wieder verflogen war, und dieser Weg hatte sich ja auch fast schon eingebürgert, dass meine Mutter mich dann, wenn wir zu dritt beisammensaßen, daran erinnerte, dass ich meinen Vater ja noch etwas fragen wollte, aber das hatte sie blöderweise diesmal vergessen. Man konnte ja auch nicht alles im Kopf behalten, und zusätzlich war es so, dass ich erst vor zwei Wochen diese neue Hose bekommen hatte, für die meine Mutter, bevor wir dann zu zweit ins Geschäft gefahren waren, bei ihm geworben hatte, und wenn ich mir vor dem Kauf der Turnschuhe zum Beispiel nur eingebildet hatte, plötzlich grell ausgeleuchtet im Scheinwerferlicht seiner Wahrnehmung zu stehen, dann war das dieses Mal tatsächlich der Fall gewesen. Ich musste mich sogar in meiner alten Hose vor ihn stellen, und die Frage, was an der denn nicht ausreichend sei, stand völlig unbeantwortbar im Raum, und während meine Mutter nicht aufhörte zu kämpfen, grinste ich wieder dumm vor mich hin, und natürlich war mir das peinlich, noch peinlicher aber war es mir, dass es mir auch für meinen Vater peinlich war, so, als begäbe er sich gerade an einen Ort, der nicht im Bereich seiner Würde lag.

Plötzlich selbst in den Vordergrund zu geraten, so wie eben am Tisch mit diesen beiden fremden Leuten, die doch nur wegen meines Vaters gekommen waren, war mir sehr unangenehm. Da das Paar jetzt mit meinem Vater hinüber ins Atelier gegangen war und ich mit meiner Mutter den Wohnzimmertisch abräumte, wirkte noch immer die Unsicherheit in mir nach, die mich in diesem Moment erfasst hatte. Dabei waren beide ausgesprochen nette Leute, und sie waren extra aus der Nähe von Hildesheim nur für diesen Besuch hier angereist, aber auch wenn solche Besuche natürlich wichtig waren, so war es trotzdem gut, dass sie nachher gleich wieder fahren würden, weil sie dann schon lange genug hier gewesen waren und alles gesehen hatten. Es war ja auch immer schön, wenn man wieder seine Ruhe hatte, und wie sonst auch hatte mein Vater sie zuerst durch den unteren Teil des Hauses geführt, den langen Flur mit der Essecke, von dem Küche und Bad abgingen, die zwei Stufen hinauf ins hohe, große Wohnzimmer, in das Kaminzimmer, in die Bibliothek, die von der anderen Seite dieses Hauptraums abging, und sogar noch in das Seezimmer, das hinter der Bibliothek lag. Wie immer, wenn es sich bei einem Besuch von Kunstinteressierten um ein Paar handelte, war es in erster Linie der Mann, der sich für die Arbeiten meines Vaters begeisterte und, den Blick zu den Wänden mit seinen Bildern hin, sich eng an seiner Seite hielt, wohingegen die Frau, die einige Schritte hinter den beiden Männern lief, auch alles Übrige in Augenschein nahm und nur dann mit eingebunden wurde, wenn ihr Mann sie plötzlich mit leuchtenden Augen und einem verblüfften Gesicht heranwinkte, um sie auf dieses oder jenes Detail, das er gerade in diesem oder jenem Bild entdeckt hatte, aufmerksam zu machen. Auch heute war der Tee genau zu dem Zeitpunkt fertig gewesen, da man hier unten fast alles gesehen hatte, und meine Mutter rief mich zu sich in die Küche, damit ich ihr half, Geschirr und Gebäck ins Wohnzimmer zu bringen, und dann nahmen alle an dem großen Tisch Platz, mein Vater in seinem Sessel, der Mann übereck zu ihm auf dem Sofa, von wo er sich über die Lehne hinweg sogleich wieder in seine Richtung wandte, seine Frau daneben, und meine Mutter setzte sich erst, nachdem sie den Tee eingeschenkt hatte, und dann wies sie auf das Gebäck, und bevor sie sagte: *Greifen Sie zu!*, räusperte sie sich, und mein Vater holte seine Pfeife hervor. Während der Mann nun mit einer bereits begonnenen Erzählung fortfuhr, die anscheinend nicht allzu aufregend war, weil mein Vater dafür etwas zu stoisch nickte, sah die Frau sich auch vom Sofa aus weiterhin um, und immer wenn ihr Blick zu mir kam, lächelte sie, und ich lächelte zurück, und dann fragte sie mich, in welche Klasse ich gehen würde, und auch meine Mutter sah zu mir hin, und ich sagte leise: *Fünfte*, denn dort auf seinem Sessel hatte mein Vater das Wort ergriffen, und so vertieft sah der Mann zu ihm hin, als wollte er hinter dieser Stirn ein eigenes Geheimnis ergründen, und auch die Frau drehte nun ihren Kopf zu ihnen und schlug ihrem Mann fröhlich auf den Oberarm, als der jetzt auflachte, und kaum dass er diese wunderbare Bemerkung gemacht hatte, verschwand mein Vater auch schon hinter seinem Pfeifenrauch, und ohne den Blick von ihm zu nehmen, wich der Mann ein bisschen zurück, und mit ihrem Lächeln sah die Frau wieder zu mir hin und sagte, dass es etwas ganz Einmaliges sein müsse, in so einem originellen Umfeld aufzuwachsen, und ich merkte, wie ich hinter meinem Lächeln errötete, und meine Mutter sagte, das dies ja für mich die Normalität sei, und da die Frau nicht aufhörte, ihre Augen auf mich zu richten, drehte ich den Kopf zu meinem Vater hin, der nun endlich wieder das Wort zu führen begann, und wenn ich auch das meiste, was er an diesem Tag sagen würde, schon mal gehört hatte, so war es dennoch selbst für mich tausendmal berechtigter und zudem spannender als alles, was es sonst zu sagen gegeben hätte.

Was ich all diesen Bewunderern meines Vaters, den Galeristen, Sammlern und Kunstinteressierten, vorausǐhatte, war die unmittelbare Zeugenschaft der Entstehung seiner Gedankenwelt, denn anders als sie war ich Teil seiner täglichen Umgebung. Deshalb war es für mich auch nichts Neues, dass mein Vater, wie vorhin beim Mittagessen, plötzlich seinen halb vollen Teller beiseiteschob und stattdessen sein in Leder gebundenes Zeichenbuch aufschlug, und wie immer, wenn dies geschah, unterbrachen auch meine Mutter und ich unsere Mahlzeit, und in der Stille, die nun am Tisch herrschte, schwang allein die Bedeutsamkeit dieses Moments. Vorsichtig spähte ich zu ihm hinüber, und als er dann die richtige Seite gefunden hatte und sich unter einen dieser quadratischen Köpfe, die ich in den verschiedensten Variationen schon von so vielen seiner Bilder und Radierungen kannte, eine Notiz gemacht hatte, da fühlte ich mit dem Ende der Spannung, jetzt, wo das Buch wieder zugeklappt und der Teller zurück an die richtige Stelle geschoben war, fast so etwas wie eine kleine Enttäuschung. Aber es fanden sich ja auf jedem seiner Bilder noch so viele andere tolle Sachen, urzeitliche Tiere und Pyramiden, Sonnen und Sterne, merkwürdige Wesen und Monster, Vampirzähne und Krallen, und auch das war noch längst nicht alles, und vieles davon gab es auf unserer Welt, und vieles auch nicht, aber vielleicht könnte es das alles auch geben, und das war ja gerade das Großartige an der Kunst meines Vaters, woher er das alles nahm, und wenn ich wahrscheinlich auch sein kleinster Bewunderer war, so war ich doch einer seiner eifrigsten. Anders als diese ganzen Galeristen, Sammler und Kunstinteressierten besaß ich sogar vielleicht die größten Schätze, denn außer dem Beatles-Poster hingen in meinem Zimmer mittlerweile auch Plakate meines Vaters, mit denen seine Ausstellungen angekündigt wurden, aber vor allen Dingen hingen dort auch, behutsam mit Reißzwecken befestigt, einige der Fehldrucke seiner Radierungen. Weil es sich bei diesen Fehldrucken um Unikate handelte, war ihr späterer Wert von heute aus noch gar nicht zu bestimmen, und wenn ich einen dieser Fehldrucke mit einem dieser richtigen, die unten im Haus in ihren Rahmen hingen, verglich, dann sah ich nicht einmal einen Unterschied, und immer suchte und fand ich auf diesen Bildern Spuren unseres Lebens hier, und das war doch auch etwas, was ich all den Galeristen, Sammlern und Kunstinteressierten voraushatte, dass ich hier doch alles viel besser kannte, und natürlich war es leicht zu erkennen, dass dieses Haus, das immer wieder auftauchte, in Wahrheit ein Schlösschen war und dass es das Haus war, in dem wir hier lebten, aber dass zum Beispiel der Totenkopf der Totenkopf war, der bei uns im Kaminzimmer stand, das wusste vielleicht nur ich, und ganz bestimmt wusste nur ich, aus welchem Buch mein Vater dieses oder jenes Tier oder diesen oder jenen Dinosaurier entlehnt hatte, und wenn irgendwo auf einem der Bilder eine Hand zu sehen war, dann war es die Hand meines Vaters, und wenn es nur ein Finger war, dann war es der Finger meines Vaters, und die Augen, die manchmal ohne Gesicht aus den Bildern hervorschauten, waren seine Augen, und überhaupt war ja mein Vater in fast allen seinen Bildern selbst vorhanden. Außer ihm hatte es von uns sonst nur unser Englische-Bulldogge-Rüde auf seine Bilder geschafft. Von diesem Wesen und unserem Haus sprang eine Kraft auf meinen Vater über, die zum Beispiel weder das Nebenhaus besaß noch die Boxerhündin oder das amerikanische Auto, das dafür einfach zu oft kaputt war.

So wie das Rauchen eigentlich viel schlimmer war, als man es sich vorstellen konnte, so konnte man sich erst recht nicht vorstellen, wie schlimm einige Leute mit ihren Kindern umgingen, und wenn es natürlich falsch war, ein Kind zu schlagen, so war es doch auch falsch, ihm gar keine Grenzen zu setzen, und da meine Mutter nun zu mir hinsah, war mir wieder, als wäre ich nicht nur der Beweis für das, was sie sagte, nicht nur Gegenstand und Verbündeter, sondern auch Teil ihrer selbst, und das machte mich verlegen und stolz gleichzeitig. Es war ja auch so, dass ich nur deshalb hier neben ihr saß und ihren Worten über Erziehung folgte, die sie zu der neuen Freundin von T. S. sprach, weil ich statt zu wenig eher zu viel Zeit mit Erwachsenen verbrachte, und wenn ich zum Beispiel viele Freiheiten hatte, so hieß das doch noch lange nicht, dass ich alle Freiheiten hatte, und wenn ich zum Beispiel nicht verwöhnt war, so hieß das noch lange nicht, dass ich nicht verwöhnt wurde, und wenn meine Mutter auch versuchte, alles richtig zu machen, so hieß das noch lange nicht, dass sie auch alles richtig machte, und deshalb gehörte es einfach dazu, dass es, wie in allen anderen Familien, auch in unserer immer mal wieder zu Streit und Ungerechtigkeiten kam. Aber so oft kam das, wie ich ihr nun beipflichtete, bei uns nun auch wieder nicht vor, und wenn, dann war es auch sofort wieder vergessen, und das wiederum lag an dem ganzen Gebilde, denn was man einem Kind in erster Linie mitgeben konnte, war Sicherheit, und diese Sicherheit, hinter der sich alles andere dann wie von selbst ergab, bestand in der Einigkeit und Verlässlichkeit der Eltern.

Mitten in der Nacht war ich mit brennender Stirn aufgeschreckt, und in meinen Armen und Beinen pulsierten noch all die ausladenden und rohen Bewegungen, mit denen ich gerade, kaum dass seitdem eine Sekunde vergangen sein konnte, diese ganze Zerstörung dort unten angerichtet hatte. Das war schon längst nicht mehr lustig. Unter dem Pfeifenregal, das an einer Seite aus der Wand gerissen war, lagen mit zerbrochenem Mundstück alle Pfeifen auf dem Boden, das handgemachte Fensterglas in der Tür des Wandschranks war zerschmettert, die chinesische Vase zertrümmert, die Kissen, mit denen wir geworfen hatten, waren von den Hunden noch in der Luft zerfetzt worden, und nun sah ich auch wieder das erhitzte Gesicht meines Freundes vor mir, aus dem die Augen hervorquollen, und wieder parierte ich mit meinem Holzschwert den Hieb seines Holzschwerts, und mit einem lauten Scheppern stürzte der Kerzenständer auf die Fliesen, und unser irres Lachen hallte in mir auf, die Hunde sprangen bellend um uns herum, und aus der Ecke schaute der abgeschlagene Kopf der afrikanischen Figur zu mir hinauf. Waffe an Waffe, drängte mich mein Freund jetzt gegen den Fernseher, der sich auf dem einen Fuß, auf dem er stand, bedenklich neigte, und dann lag ich plötzlich da, und die Worte *Hör auf!* klangen leblos in mir nach, das Herz raste, und die Augen starrten zur Decke hinauf, die sich ganz allmählich milchig abzuzeichnen begann, und obwohl mir nun langsam dämmerte, dass dieses ganze Desaster allein deswegen so nicht geschehen sein konnte, weil mein Freund schon seit geraumer Zeit in Hamburg lebte, so war das allein kein ausreichender Grund zur Entwarnung. Ich spürte doch noch in jeder Faser, was ich da gerade alles kaputt gemacht hatte. Das ließ sich weder erklären noch entschuldigen, und die Hunde waren auch dabei gewesen, und ich traute mich nicht, hinunterzugehen, um zu gucken, was wirklich geschehen war, und selbst wenn ich mir den Freund nur eingebildet und das alles allein im Schlaf getan hatte, machte es das doch nicht besser, und wenn nicht von dieser Wüterei, woher sonst sollte diese Erschöpfung kommen, diese Bleischwere, mit der ich hier lag, diese Angst, der Schulbus, der um die Ecke fuhr, der Freund und dann der Hund auf dem Dach und meine Mutter, die schnell hinüber zum Atelier meines Vaters lief …

Als der Wecker klingelte, standen mir sofort wieder

diese Schrecken der Nacht vor Augen, und ich hörte die Schritte meiner Mutter, die jetzt an meine Tür klopfte und sanft *Aufstehen* sagte. Wie immer war der Caro-Kaffee schon fertig, als ich in die Küche kam, wie immer tunkte ich ein Stück von dem Marmorkuchen, den mir meine Tante Käthe alle zwei Wochen aus Hamburg schickte, in ihn hinein, aber wenn das sonst schöne und ruhige Minuten waren, so hielt es mich an diesem Morgen kaum auf meinem Platz, denn bevor ich zur Schule ging, musste ich, um zu wissen, ob ich jemals wieder nach Hause kommen könnte, zuerst einen Blick ins Wohnzimmer werfen, und da ich keinen Vorwand dafür fand, huschte ich schließlich, die Zahnbürste im Mund, aus dem Badezimmer die zwei Stufen hinauf und warf auch noch einen schnellen Blick ins Kaminzimmer, und einen besseren Start in den Tag, als dort alles unbeschadet vorzufinden, hätte es wahrlich nicht geben können.

Vorhin beim Frühstück war nebenher das Radio gelaufen, und gleichzeitig mit dem Einsetzen dieses Liedes, das ich kannte und mochte und unbedingt hören wollte, hatte mein Vater beiläufig den Kopf aus der Zeitung gehoben, weil er wollte, dass ich ihm eine Zeitschrift aus dem Auto holte, die er dort vergessen hatte. Natürlich hatte ich genickt und auch etwas gemurmelt, das ich selbst kaum verstand, aber dann war ich einfach sitzen geblieben und hatte erst in Richtung Küche geschaut, aus der das Lied herüberklang, und weil ich meinen Kopf jetzt doch wieder drehte, betrachtete ich die Finger meiner Mutter, die nervös auf die Tischplatte klopften, und ich sah ihre Ungeduld, und ich wich ihrem Blick aus und schaute zur Decke hinauf und schwenkte den Kopf dabei leicht im Takt des Liedes, das überhaupt nicht aufzuhören schien, das nun schon endlos lief und das nur mehr fremd und kalt in mein Ohr drang, denn das Einzige, was ich spürte, war diese eigene Sturheit, dieses dümmliche Verharren hier am Tisch, und obwohl es sich längst zigfach wiederholte, ging das Lied weiter und weiter, und anders als andere Kinder in meinem Alter hatte ich zu Hause wirklich nicht so viel zu tun, und es war ja wohl auch nicht zu viel verlangt, für meinen Vater eine Zeitschrift aus dem Auto zu holen, und statt zu enden, setzte das Lied nochmals an, sich sinnlos und quälend um sich selbst zu drehen, und da mein Blick wie von selbst gelenkt über seinen regungslosen Hinterkopf strich, der noch immer über der Zeitung schwebte, war mir, als wäre der ganze Raum bereits von einer unbenennbaren Wut erfüllt, einem stillen und deshalb nur umso heftigeren Zorn, und aus dieser Anspannung heraus jetzt, da der letzte Ton verklungen war, endlich aufspringen zu können, um ihm aus dem Auto die gewünschte Zeitschrift zu holen, war mehr als nur eine große Erleichterung.

Neulich im Wohnzimmer hatte ich inmitten der großen, lauten und fröhlichen Runde, die sich dort versammelt hatte, beobachtet, wie die neue Freundin von T. S. plötzlich zu schmunzeln begann und dann mit einer Bemerkung vorpreschte, die jedoch außer bei meiner Mutter, die sogleich auflachte, kein Gehör fand. Da aber mein Vater aufgrund ihres Lachens zu meiner Mutter hinsah, wiederholte sie die Bemerkung für ihn, und ich sah, dass jetzt auch seine Lippen ein Lächeln umspielte. Plötzlich begannen seine Augen zu leuchten, und indem er sich nun aus seinem Sessel vorbeugte, warf er die Bemerkung mit der ihm eigenen Gestik und Betonung in die Runde, und selbst am anderen Ende des Tisches, dort, wo die Stühle übereck sogar weit vom Tisch zurück standen, brandete augenblicklich ein lautes Lachen auf, und auch meine Mutter lachte wieder so laut, als hätte sie die Bemerkung gerade zum ersten Mal gehört, und nur die neue Freundin von T. S., die ja auch eigentlich eine eher ruhige Person war, lachte nicht mit. Die Arme ineinander verschränkt, lehnte sie sich neben meine Mutter an die Sofalehne zurück und blickte auf kindliche Weise fast ein wenig trotzig vor sich hin.

Das Gewicht der Worte meines Vaters war entschieden größer als das Gewicht der Worte meiner Mutter. Das hatte ich erst vor ein paar Tagen wieder festgestellt, und kaum im Haus, hatte ich sofort, weil er mich nicht mehr sehen wollte, auf mein Zimmer gehen müssen. Es war ja auch nicht das erste Mal, dass ich, bevor wir irgendwo hinfuhren, vergessen hatte, das Licht in meinem Zimmer auszuschalten, und als wir später in der Dunkelheit vorfuhren, lag das Haus still da, und nur aus meinem Fenster leuchtete es hell und verschwenderisch heraus, und das hatte seinen Grund darin, weil ich mir um nichts die geringsten Gedanken machte, und anders als die Worte meiner Mutter, die, wenn sie streng oder sogar aufgebracht mit mir sprach, sich trotzdem leicht wieder abschütteln ließen, wirkten die Worte meines Vaters, selbst wenn sie sich vom Sinn her gar nicht von denen meiner Mutter unterschieden, viel tiefer in mich hinein, und kaum dass ich geglaubt hatte, mich wieder ein bisschen beruhigt zu haben, wühlten sie mich schon wieder auf. Egal, wohin ich blickte, womit ich mich abzulenken versuchte, immer schob sich sein Gesicht dazwischen. Dieser Blick, der plötzlich so abwertend war, dieser Mund, der sich plötzlich so hart in meine Richtung geöffnet hatte, und obwohl ich doch wusste, dass irgendwann wieder alles gut sein, dass irgendwann auch über diese Sache Gras gewachsen sein würde, war es mir weder möglich, daran zu glauben, noch, darauf zu hoffen. Erst mit dieser Erschöpfung, die dann eingesetzt hatte, hatte ich gemerkt, wie ich allmählich wieder die Fassung gewann, erst mit dieser Schwäche, die sich meiner bemächtigt hatte, war mir, als kehrte ich langsam zu mir zurück, und dass mein Vater, obwohl ich ihn doch täglich erlebte und er mir von all diesen Tagen her vertraut war, dennoch einen so starken Eindruck in mir hinterlassen konnte, lag einerseits an seinem enormen Können und seiner unablässigen Kraft und andererseits an dieser Ausstrahlung, die er besaß.

Gleichzeitig war es natürlich etwas ganz Einzigartiges, einen Vater mit einer solchen Ausstrahlung zu haben, und weil er diese Ausstrahlung hatte, hatten auch die Dinge, mit denen er sich umgab und die ihm wichtig waren, diese erhöhte Strahlkraft, und deshalb war das Frühstücksbrettchen, das mein Vater trotz seiner vielen Kerben allmorgendlich benutzte, mehr als ein Frühstücksbrettchen, denn es war das Frühstücksbrettchen, das mein Vater allmorgendlich benutzte, und das Besteck, das meine Mutter nach jeder Mahlzeit für ihn abwusch, war mehr als ein Besteck, denn es war das Besteck, das mein Vater bei jeder Mahlzeit benutzte, und so war es auch mit seinem Eierbecher, und selbst wenn meine Mutter seit einiger Zeit auch ihren eigenen Eierbecher hatte, so blieb doch ihr Eierbecher vornehmlich ein Eierbecher, und der Eierbecher, den ich jetzt meist für mich beanspruchte, war sowieso nur ein Eierbecher, und wenn man jetzt zum Beispiel die Tür aufreißen würde, um unseren Eierbechern die Freiheit zu schenken, dann wäre es so, dass der Eierbecher meines Vaters einsam an der Spitze marschieren würde, und trotz seines hastigen Schritts liefe der Eierbecher meiner Mutter in immer gleichem Abstand weit dahinter, und noch viel weiter weg und von der Spitze aus kaum mehr erkennbar, käme dann erst ein dritter Eierbecher, von dem man dort vorn schon gar nicht mehr wüsste, zu wem er eigentlich gehört hatte.

Manchmal, wenn ich zu meinem Vater hinsah, versuchte ich, mir vorzustellen, was er sich wohl gerade vorstellte, und an diesem Abend, als ich von meinem Fenster aus in den Himmel blickte, hatte ich mich gefragt, was es denn eigentlich mehr sei, was er sah, wenn er in diesen Himmel schaute. Gleichzeitig aber war mir bewusst, dass diese Frage gar nicht zu beantworten war, weil es eben genau das war, was nur er sehen konnte. Deshalb gab es auch auf jedem seiner Bilder immer wieder etwas Neues zu entdecken, und wenn ich mir nur die Mühe machen würde, sie noch gründlicher zu betrachten, würde auch ich wahrscheinlich auf jedem einzelnen noch mehr entdecken. Neulich, als dieses Paar hier gewesen war, dieser kunstinteressierte Mann mit seiner Frau, und neben der Kunst auch alles andere, was sich bei uns im Haus fand, nicht nur begeistert, sondern vielmehr begierig in sich aufgenommen hatte, da hatte ich sogar ein schlechtes Gewissen verspürt, so, als wären mir diese vielen Dinge selbst noch gar nicht aufgefallen, als hätte ich sie bisher weder ausreichend bemerkt noch gewürdigt, und weil die Erinnerung an dieses schlechte Gewissen jetzt wiederauftauchte und weil ich an diesem heutigen Abend allein zu Hause war, stieg ich nun die Treppe hinunter, und indem ich den watschelnden und gleichzeitig federnden Gang des Mannes nachahmte, spazierte ich mit gezieltem Blick durch den unteren Teil unseres Hauses, und wenn ich das Gefühl hatte, etwas nicht eingehend genug betrachtet zu haben, dann zwang ich mich, noch mal zurückzutreten, nur um dann am Ende, wie schon so oft, doch wieder vor dem Pfeifenregal meines Vaters an der Stirnseite im Kaminzimmer zu landen, denn von allen Dingen in unserem Haus übte dieses Pfeifenregal die größte Faszination auf mich aus. Einer bunten Menschenmenge gleich standen dort in den verschiedensten Farben, Formen und Größen unzählige alte, ältere und neue Pfeifen in gleich mehreren Reihen übereinander, und da ich mir sicher war, meine Eltern, wenn sie nach Hause kämen, rechtzeitig zu hören, wählte ich mir jetzt mit Kennerblick eine von ihnen aus, und die leere Pfeife im Mund, leise vor mich hin schmatzend, ließ ich mich im Sessel meines Vaters nieder, und obwohl ich nicht hätte sagen können, worin diese Veränderung bestand, war mir sogleich, als sei mein Blick von hier aus reicher, und dann sog ich wieder an der leeren Pfeife und blies den unsichtbaren Rauch tief in den Raum, und weil es mir einerseits so verboten schien, was ich hier tat, und weil es andererseits auch frech und lustig war, sah ich mit einem breiten Lächeln zur Seite, und da war Ali und lächelte zurück.

Vor diesem Moment, da der Lehrer das Klassenbuch aufschlug und als Erstes herauslas, dass es heute mein Datum war, hatte ich schon seit Tagen große Angst gehabt, Angst vor den schweigenden und gleichgültigen Gesichtern, der bösen Stille, die herrschen würde, aber dann hatten sie alle zu mir hingesehen und mitgesungen, und auf diese Weise, wie jeder andere auch, die Glückwünsche der ganzen Klasse entgegenzunehmen, war warm und schön gewesen, und die Süßigkeiten aus der Bonbontüte, die ich später in der kleinen Pause verteilte, hatte jeder gern angenommen, und der Joachim hatte sogar zu mir hingesehen, als er sein Bonbon ausgewickelt und in den Mund gesteckt hatte, und weil es ziemlich sauer war, hatte er eine Grimasse in meine Richtung gezogen, und ich hatte in mich hineinlachen müssen. Nach der Schule hatte meine Mutter bereits auf dem Parkplatz auf mich gewartet, und zu Hause gab es das Essen, das ich mir gewünscht hatte, und ich hatte einen richtig guten Appetit gehabt, und an der Helligkeit meiner Augen, die gar nicht mehr aufhören konnten zu leuchten, war mir anzusehen, wie sehr ich diesen Tag genoss, und dann hatte sogar das Telefon ein paar Mal nur für mich geklingelt, und auf dem Tisch im Kaminzimmer lagen die Geschenke, die ich schon am Morgen vor der Schule geöffnet hatte, und obwohl er Süßes eigentlich überhaupt nicht mochte, war mein Vater am Nachmittag trotzdem aus der Werkstatt herübergekommen und hatte ein Stück Kuchen mit uns gegessen, und in meine Milch hatte ich einen Schluck Kaffee bekommen, und immer wieder legte ich die Hand auf meine Brust, um zu fühlen, ob mein Herz deswegen schneller schlug. Es war ja jetzt auch die Frage, ob ich in der Nacht überhaupt würde schlafen können, und dann hatte das Telefon sogar noch einmal nur für mich geklingelt, und erst später mit dem Abendbrot ebbte all die Aufmerksamkeit, die ich den Tag über erfahren hatte, allmählich wieder ab, und weil leider am nächsten Morgen das normale Leben weiterging und deshalb auch an einem solchen Tag nicht alles anders sein durfte, musste ich dann auch zur üblichen Zeit ins Bett. Dafür kam meine Mutter später noch mal in mein Zimmer hinauf und setzte sich auf meine Bettkante, und während ihr Blick mich umsorgte, strich sie mir über die Stirn, und als sie dann gegangen war, da dachte ich, dass Geburtstaghaben sich eigentlich gar nicht so sehr vom Kranksein unterschied, und weil das eine, von diesem Moment aus betrachtet, wieder in einer unerreichbaren Zukunft lag, musste nun, mit dem nötigen Geschick, das andere angepeilt werden.

Schon in nur wenigen Stunden musste ich zur Schule, aber jetzt saß ich hier unten mit meinem Vater und meiner Mutter, und gleich würde Muhammad Ali kämpfen, und obwohl sie mir es so fest versprochen hatten, hatte ich bis weit nach Mitternacht gezweifelt, ob sie mich tatsächlich wecken würden, denn anders als bei diesem Kampf vor einigen Monaten, zu dem ich das erste Mal geweckt worden war, waren diesmal keine Ferien, und die Stimmung war auch deswegen viel besonderer, weil heute, im Gegensatz zu damals, keine Freunde meines Vaters zugegen waren, und dass wir jetzt hier nur als Familie zu dieser späten Stunde gemeinsam vor dem Fernseher saßen, verlieh dem Ganzen eine noch größere Bedeutung. Und wie immer, wenn ein Kampf von Muhammad Ali nahte, waren die Aufregung und Vorfreude, aber auch die Befürchtung, dass es dieses Mal schiefgehen könnte, meinem Vater schon Tage vor dem Ereignis anzumerken gewesen. Das zeigte sich zum Beispiel darin, dass er, wenn er sich vom Tisch erhob, nicht sogleich ins Atelier hinüberwechselte, sondern zuerst noch mit lässig baumelnden Fäusten im Wohnzimmer hin und her tänzelte und den Schlägen seines Gegners, den er immer wieder mit einem verächtlichen Lächeln heranwinkte, allein mit ruckartigen Bewegungen seines Kopfes auswich, bevor er dann selbst die Fäuste zackig in die Luft feuerte. Jetzt jedoch, tief in den Sessel gesunken und mit schweren Augenlidern, wirkte er etwas erschöpft, und anders als ich oder meine Mutter, die im Nachthemd auf dem Sofa lag und leise vor sich hin gähnte, hatte er ja auch die ganze Nacht durchwacht, und obgleich der Kampf bereits vor einer halben Stunde hätte beginnen sollen, war von den Boxern noch nichts zu sehen. Erst als endlich in einem Teil der Halle, die von so fern in einer eigenartig fremden Buntheit aus dem Fernseher schimmerte, Jubel aufbrandete, leuchteten die Augen meines Vaters plötzlich wieder auf, und meine Mutter lächelte zu ihm hin und sagte: *Da ist er ja!*, und wie mein Vater, der jetzt nach seinem Bierglas griff und eine straffere Haltung annahm, setzte auch ich mich noch ein bisschen gerader. Schon waren beide Boxer im Ring, und während der eine einfach in seiner Ecke stand, machte Ali ein paar tänzelnde, schnelle Schritte, und bevor der Kampf gleich beginnen würde, trafen sie sich nun noch einmal in der Mitte des Rings, und Ali sah seinen Gegner ernst und böse an, und nur damit er nicht völlig unbeachtet blieb, sah der Gegner in ähnlicher Weise zurück, und als jetzt beide erneut in ihre Ecken zurückkehrten, versuchte ich, weil das doch vermutlich nur so wenige taten und weil er doch zumindest das verdient hatte, meine Aufmerksamkeit allein in die Ecke des Gegners zu lenken, und als dann der Kampf begann, da fühlte ich schon nach wenigen Sekunden wieder diesen Zwiespalt, den ich bereits bei meinem ersten Kampf vor einigen Monaten nicht hatte lösen können, denn natürlich fieberte ich mit meinem Vater mit, und natürlich war auch ich glühend für Muhammad Ali, aber so sehr ich auch für ihn war, so sehr hoffte ich gleichzeitig, dass dieser andere, der dort so still und allein und nur für sich eigentlich gegen die ganze Welt zu kämpfen hatte, wenigstens nicht verlieren würde.

Mein Zimmer zierten nicht nur zahlreiche Drucke meines Vaters und das Poster von den Beatles, sondern es hing dort auch ein Plakat von der Künstlergruppe, der mein Vater angehörte, auf dem die vier an einem Deich posierten. Im Geiste legte ich dieses Plakat und das Poster oft übereinander und ordnete die Mitglieder der beiden Gruppen entsprechend Größe, Rangfolge oder auch Haarlänge einander zu, und wie bei den Beatles, wo der Einzelne nicht nur sich selbst, sondern gleichsam im ganzen Gefüge auch eine Rolle verkörperte, war es auch bei der Künstlergruppe meines Vaters, und wenn sie sich am nächsten Tag hier bei uns am späteren Morgen zum Arbeiten trafen, dann würde es deshalb auch wieder so sein, dass der Kleinste als Erster anreisen und sich, kaum dass er angekommen war, auch schon wie jedes Mal darüber aufregen würde, dass sich der Zweitgrößte vermutlich wieder erheblich verspätete, denn dass er immer sogleich über diese drohende Verspätung schimpfte, war Teil seiner selbst. Es war ja auch tatsächlich so, dass er immer der Erste war, der angereist kam, danach dann der Zweitkleinste und meist erst sehr viel später, wenn außer dem Kleinsten auch bereits der Zweitkleinste und mein Vater ungeduldig wurden, der Zweitgrößte. Dieser Moment der Anreise folgte der gleichen vorgegebenen Ordnung wie zum Beispiel auch der Umstand, dass mein Vater körperlich der Größte von ihnen war, aber nur wenig größer als der Zweitgrößte, und diese beiden den Zweitkleinsten erheblich überragten, der aber trotzdem eigentlich der Drittgrößte war, weil auch er noch deutlich größer war als der Kleinste, der gleichzeitig auch der Älteste unter ihnen war, und der Zweitälteste war dann der Drittgrößte, und mein Vater war der Jüngste, aber nur wenig jünger als der Zweitgrößte, der nach meinem Vater auch der erfolgreichste Einzelkünstler war, und in dieser Reihung folgte dann der Drittgrößte, und darum war der Kleinste auch der Einzelkünstler mit dem geringsten Erfolg. Dafür war er es wiederum, der immer als Erster anreiste, und das war genauso folgerichtig wie die Tatsache, dass sich ihre Werkstatt nicht irgendwo, sondern hier auf unserem Grundstück befand.

Hin und wieder ließen mich meine Eltern bis zum Abend für den Tag allein, weil sie zum Beispiel nach Braunschweig, Hannover oder Hamburg fuhren. Mit dem Hinweis, jede Minute gut auf ihn aufzupassen, bekam ich morgens den Schlüssel des Hauses mit in die Schule, und wenn ich am Mittag zurückkam, warteten gleich mehrere kleine Aufgaben auf mich. Ich musste die Hunde füttern, die bereits, während ich aufschloss, von innen wild an die Tür drängten, außerdem im Winter die Esel und Schafe, ich musste auf dem Grundstück und im Haus nach dem Rechten sehen und mich selbst mit dem, was da war und was meine Mutter vorbereitet hatte, versorgen. Dazu sollte ich auch noch auf das Telefon achten und darauf, dass keine Fremden ins Haus kamen, und wenn tatsächlich etwas schiefgehen sollte, aber wirklich nur zur Not, waren ja noch die Nachbarn da, denen man allerdings, weil man schon lange nicht mehr miteinander sprach, nicht Bescheid sagte. Vor allen Dingen jedoch sollte ich auch an einem solchen Tag meine Hausaufgaben nicht vernachlässigen, und darauf musste man sich genauso verlassen können wie darauf, dass ich nicht den ganzen Tag nur vor dem Fernseher rumhing, weil das etwas war, was man auch am späteren Abend dem Gerät noch anfühlen könnte. So allein im Haus, dort unten im Wohnzimmer, das Telefon im Blick und mit dem Glauben, bisher alles gut geschafft zu haben, wurden die Stunden spätestens ab dem Nachmittag lang. Träge tickte die Wanduhr vor sich hin, und in der sonstigen Stille warf jede Bewegung, die ich tat, ein kleines Geräusch zu mir zurück. Selbst der Stift kratzte harsch auf dem Papier, und dann schreckte ich plötzlich auf, weil ich glaubte, den Schlüssel außen in der Tür stecken gelassen zu haben, aber natürlich hing er an seinem Platz, und das Telefon hatte ich bisher auch nicht überhört, und falls doch, war das höchstens möglich gewesen, als ich kurz mal draußen war, um zu prüfen, ob Esel und Schafe tatsächlich noch innerhalb ihrer Umzäunung standen. Vielleicht aber hatte gerade da das Telefon tatsächlich geklingelt, und vielleicht war es sogar die Polizei gewesen, vielleicht hatte die Polizei versucht, mich zu erreichen, um mir mitzuteilen, dass meine Eltern gegen einen Baum geknallt waren, vielleicht hingen ihre Köpfe blutig aus der geborstenen Windschutzscheibe heraus, und ich war von nun an ganz auf mich gestellt hier in diesem Haus, und es war für alle, sogar für die Freunde meines Vaters, ganz erstaunlich, wie ich das hier allein fertigbrachte, und wenn man auch manchmal den Fernseher bis spät in die Nacht durch das Fenster flackern sehen würde, so hätte ich doch trotzdem keine Probleme, morgens aus dem Bett zu kommen, und am Wochenende würde ich dann die Sammler und Kunstinteressierten durch das Haus führen, und ich würde ihnen alles zeigen, was sie sehen wollten. Vielleicht dürften sie sogar mal die Lieblingspfeife meines Vaters in die Hand nehmen und sich in seinen Sessel setzen, und jenseits der wichtigen Dinge gab es ja auch noch so viel anderes zu erzählen, zum Beispiel dass er vom Käse auch gern die Rinde aß und einen halben Liter Wasser in einem Zug austrinken konnte, und am Ende, kurz bevor sie wieder gingen, würde ich sie damit erstaunen, dass auch ich das konnte, und nur wenn sie mir sehr viel Geld geben würden, würde ich ihnen etwas aus unserem Haus verkaufen, und ich würde gar nicht erst versuchen, die Tränen, die mir dabei kamen, zu unterdrücken. Das Geld aber würde ich unter mein Kopfkissen legen, und jede Nacht vor dem Einschlafen würden mir meine Eltern noch mal erscheinen, und weil ich sie so vermisste und jetzt so allein war, durften die Hunde von nun an auch immer mit in meinem Bett übernachten, und so wie mir selbst, würde ich auch ihnen jeden Tag ein Kotelett braten, und so … – In diesen Gedanken gefangen, hatte ich mich auf dem Hundeplatz wiedergefunden, und meine Nase an ihrer kalten Schnauze, blickte ich in die dunklen Augen unserer Boxerhündin, und die Trauer, die ich dort sah, war auch meine, und auf diesem endlosen Gang zum Friedhof hin trottete sie die ganze Zeit mit gesenktem Kopf hinter den beiden Särgen neben mir her, und als dann später, in die einsetzende Dämmerung hinein, doch das Auto in die Auffahrt fuhr, da war mir ganz taumelig, als ich mich erhob, und wieder drängten die Hunde an der Tür, nur war ich dieses Mal dicht hinter ihnen. Meine Mutter nahm mich in den Arm, und noch beim Abendbrot schien mir alles ganz unwirklich, und weil es mir auch später im Bett nicht gelingen wollte, in das Buch zurückzufinden, das ich gestern begonnen hatte, horchte ich nach unten ins Haus hinein, und dann hörte ich meine Mutter, die noch mal zu mir raufkam, und der Blick, mit dem sie mich ansah, war ganz gerührt, und wenn ich vielleicht doch geweint hatte, war es nicht schlimm, das zuzugeben, weil man doch an den Sorgen, die man sich um jemanden machte, am besten erkannte, wie sehr man ihn liebte.

Nicht nur, dass ich mich mit Veränderungen schwertat, ich war dazu auch noch ein richtiger Spätzünder, und obwohl sich meine schulischen Leistungen nun zum Ende des Schuljahres insoweit etwas gebessert hatten, dass meine Versetzung als nicht mehr akut gefährdet galt, so blieb es trotzdem anstrengend, mir dabei zuschauen zu müssen, wie schwer mir das alles fiel, und vor jedem neuen Schultag war ich schon am Abend so angespannt, dass ich nicht schlafen konnte. Deshalb kam ich am Morgen auch kaum aus dem Bett, und in diesem Kreislauf gefangen, war es alles andere als verwunderlich, dass ich mich tagsüber nicht richtig konzentrieren konnte, und dass ich mir damit nichts Gutes tat, lag auf der Hand. Vielleicht bestand eines meiner Probleme aber auch einfach darin, dass ich das alles viel zu ernst nahm. Vielleicht war es nur eine gewisse Lockerheit, die mir fehlte. Vielleicht glaubte ich, immer zu viel beweisen zu müssen. Vielleicht waren es diese überzogenen Ansprüche, die mich hemmten, dieser Druck, dem ich nicht standhielt. Vielleicht war es aber auch schlichtweg so, wie es war, und es war selbst mit dem größten Bemühen nicht mehr drin, und um das herauszufinden, weil diese ständige Nähe einen selbst ganz blind werden ließ, hatten meine Eltern für mich in Hamburg einen Termin beim Schulpsychologen gemacht. Das war dann nicht, wie ich mir vorgestellt hatte, ein alter Mann mit weißem Bart, dem ich dort, wie im Bauch eines Wals gefangen, an einem kleinen, hölzernen Tisch, auf dem eine Kerze brannte, gegenübersaß, sondern der Ort, an den ich kam, war eine helle, große Wohnung, deren Zimmer, die ich alle noch im Laufe des Nachmittags mit den verschiedensten Aufgaben durchlaufen sollte, mir jetzt von einer jungen Frau gezeigt wurden, die, während sie zu mir sprach und mich auf schon fast joviale Weise den anderen Mitarbeiterinnen und Mitarbeitern vorstellte, auch gleichsam meine Aufregung wegfing. Den ganzen Nachmittag über fühlte ich mich dort auf eine seltsame Art geborgen und aufgehoben, und weil ich zu den zahlreichen Tests, den Punkten, die ich zu Linien verbinden musste, den Bildern, in denen es noch etwas anderes zu erkennen galt, immer so viele Fragen hatte, die mir auch stets bereitwillig beantwortet wurden, war mir, als sei ich nicht nur Gegenstand dieser Untersuchung, sondern gleichfalls Untersucher dieser Vorgänge, und allein das musste mich doch von den ganz Dummen unterscheiden, die wahrscheinlich, selbst wenn sie sogar darauf hingewiesen wurden, diese oder jene Ebene in diesem oder jenem Bild nicht herauslesen konnten, sondern, indem sie nickten, nur so taten, als würden sie es nun sehen, und das war ja auch eine interessante Frage, ob es denn überhaupt auffiel, wenn man bei der einen oder anderen Aufgabe ein bisschen schummelte. Sobald mir die junge Frau, die mich eingeführt hatte, hier oder dort wieder über den Weg lief, nickte ich ihr wie einer alten Bekannten mit einem breiten Strahlen im Gesicht zu, und als meine Eltern dann zurückkamen und ich, während sie nun ein Gespräch führten, im Wartezimmer bleiben musste, da war mir, als sei dieser Tag viel zu schnell vergangen. In mir fühlte ich eine Hochstimmung, und als ich mich später von allen persönlich verabschiedete, war es mir selbst befremdlich, wie laut ich das tat, und auch im Auto redete ich sofort munter los, und es dauerte eine Weile, bis ich merkte, dass allein ich es war, der diese Hochstimmung in sich trug, dass meine Mutter mir im Gegenteil immer wieder ängstlich-besorgte Blicke im Rückspiegel zuwarf und mein Vater, frei von meinen Worten, schweigsam und ernst an seiner Pfeife zog, und als ich mich nun gegen die Lehne der Rückbank fallen ließ und aus dem Fenster starrte, wurde mir auch wieder das gequälte Lächeln bewusst, mit dem meine Mutter zu mir hingesehen hatte, als sie eben aus dem Gespräch gekommen war, und weil das doch eigentlich gar nicht sein konnte, weil ich mir dieses Mal wirklich sicher war, alles gut gemacht zu haben, konnte das jetzt auch nur auf einem Missverständnis beruhen. Wahrscheinlich hatten sie gar nicht über meine, sondern aus Versehen über die Ergebnisse dieses anderen Jungen gesprochen, mit dem ich inmitten all der Spielsachen und Bücher zwischen den einzelnen Stationen dort im Wartezimmer immer mal wieder für einige Minuten zusammengetroffen war und der alle paar Sekunden ebenso verstohlen zu mir hingesehen hatte wie ich zu ihm, so, als suchten seine Augen ganz ähnliche Zeichen einer äußeren Blödsinnigkeit auf meinem Gesicht, nach denen ich auch bei ihm forschte.

Von dem Moment an, da ich gemerkt hatte, dass von den hundertdreißig Mark, die ich in meinem Zimmer in einem kleinen Holzkästchen angespart hatte, fünfzig fehlten, war es ganz schnell gegangen, und dass dort unten auf der Wiese am See gerade noch ein Zelt gestanden hatte, konnte man nur deshalb noch erkennen, weil das Gras an dieser Stelle platt gedrückt war, und gestern noch hatten wir, als es schon fast dunkel war, unsere Stäbe mit Stockbrot über ein offenes Feuer gehalten, und heute hatten wir sogar etwas Richtiges grillen wollen, und dann war das alles ja auch zum Teil meine Schuld, weil ich doch wusste, was für schwierige Kinder das waren, mit Eltern, die tranken und schlugen und sie zeitweise in ein Heim gaben, und aus diesem Grund hatten mich meine Eltern schon vorab mehr als einmal zur Seite genommen, um mir zu sagen, dass ich sie nicht mit ins Haus bringen sollte. Nur waren wir so schnell Freunde geworden, dass es schwer war, sich daran zu halten, und wenn wir dann zu viert fröhlich lärmend die Treppe hinaufstiegen, sah meine Mutter uns von unten hinterher und bedeutete mir mit einer Kopfbewegung, dass wir möglichst schnell wieder nach draußen verschwinden sollten, und ich bemühte mich ja auch immer, sie in meinem Zimmer zumindest ein bisschen im Blick zu behalten, und als ich dann einmal allein dort hochgegangen war, um ein paar Murmeln zu holen, da hatte ich nur zufällig in das Kästchen geschaut, und natürlich, obwohl ich doch wusste, dass sie mit dieser Nachricht sogleich zu meinem Vater ins Atelier laufen würde, war es trotzdem richtig, zu meiner Mutter gegangen zu sein, und als mein Vater fast augenblicklich aus dem Atelier kam, schritt er sofort nach unten auf die Wiese zu den beiden jungen Frauen, die diese Ferienreise für die drei Jungs organisiert hatten, und als er dann zu meiner Mutter und mir wieder hinaufkam, gab es schon gar keinen Zweifel mehr daran, dass nach einem solchen Vorkommnis natürlich alle fünf, die drei Jungs und die beiden jungen Frauen, die sie betreuten, sogleich abreisen müssten. Vielmehr war es erstaunlich, dass das überhaupt über ein paar Tage hinweg gut gegangen war, und deshalb gab es auch keinen Grund, jetzt traurig zu sein, und von dem Baum aus, hinter dem ich mich hier oben halb versteckte, sah ich, wie die beiden jungen Frauen die Jungs jetzt dort unten aus dem Wasser beorderten, in dem ich eigentlich in diesem Moment mit ihnen sein wollte, und wie eine Aufregung unter ihnen entstand, und die eine fasste den Kleinen jetzt sogar am Arm, und er versuchte, sich aus ihrem Griff herauszuwinden, und dann verschwanden sie alle hinter den Bäumen am Ufer, und als sie wieder hervorkamen, waren sie angekleidet, und eine der beiden jungen Frauen war schon dabei, die Schlafsäcke aus dem Inneren des Zeltes zu ziehen und das Geschirr daneben zu stapeln, und wieder brach eine Aufregung los, und dann setzte sich die jüngere der beiden Frauen, die, deren Vater meinen Vater kannte, in Bewegung und kam im Laufschritt zu uns hinauf, und da sie mir nun einen zerknüllten Fünfzigmarkschein, den einer der Jungs gerade im Zelt gefunden hatte, in die Hand drückte, begann ich, wieder zu hoffen, dass sie vielleicht doch nicht abreisen müssten, dass wir heute Abend tatsächlich noch gemeinsam grillen würden. Es war ja auch so, dass ich bis eben gar nicht gemerkt hatte, wie schwierig diese Jungs wirklich waren, und dass sie mir das Geld jetzt zurückgaben, war ja nicht nur ein Zeichen, dass sie noch bleiben wollten, sondern auch, dass sie mich mochten, und das hatte ich schon gleich am Anfang gemerkt, als ich ihnen den Platz zeigen sollte, an dem sie ihr Zelt aufschlagen könnten. Schon von diesem Moment an war ich wie einer von ihnen gewesen, und bereits in der ersten Nacht hatte ich mit im Zelt übernachtet, und wir hatten uns Gruselgeschichten erzählt von der toten Hand im See, den blutigen Augen in den Bäumen, dem abgeschnittenen Kopf, der auf das Autodach wummerte, und am Handgelenk trug ich noch die Freundschaftsbändchen, die wir füreinander geflochten hatten, und weil wir so geschickt darin waren, durften wir gestern sogar versuchen, aus den Tabakbeuteln der beiden jungen Frauen Zigaretten für sie zu drehen, und der Kleine hatte sich dann seine einfach angezündet, und als er sie hatte hergeben sollen, war er davongerannt und die ältere der beiden jungen Frauen ihm sofort hinterher, und wahrscheinlich waren ihre Füße deshalb so breit, weil sie auch so große Brüste hatte, die beim Laufen wild in ihrem engen BH auf und ab wippten, und von den beiden Frauen war sie auch diejenige, die mehr Spaß verstand, was mich insofern wunderte, weil es doch die andere war, weshalb sie überhaupt hier waren, und die sich jetzt, da der Bus gepackt war, zum Abschied noch mal bei uns einfand, um sich für die Tage zu bedanken und das Vorkommnis zu entschuldigen, und aus ihrer Umarmung heraus sah ich leicht verschwommen, wie die Jungs jetzt, die Blicke ausschließlich zueinander gerichtet, durch die Seitentür einstiegen.

Meine Eltern waren zwei ganz unterschiedliche Menschen, weil sie aus zwei ganz unterschiedlichen Haushalten kamen. Zum Beispiel war mein Vater deshalb so ein unordentlicher Mensch, weil er Ordnung zu Hause nie gelernt hatte, und meine Mutter war zum Glück längst nicht so penibel wie Tante Käthe oder ihre Mutter, die alle beide einen regelrechten Putzfimmel hatten, aber natürlich war sie trotzdem ein ordentlicher Mensch, und anders als auf diese Weise würde es in einem Haus wie dem, in dem zum Beispiel wir hier lebten, sonst auch nicht funktionieren, und immerhin war es dann noch so, dass mein Vater wenigstens nicht eine ganz so große Pottsau war wie seine Mutter, die sich zwar auch Mühe gab, jedoch mit diesen Dingen einfach nicht zurechtkam – und weil die Unordnung und der Schmutz in der Wohnung meiner Großmutter, in der mein Vater aufgewachsen war, bei uns ein immerwährendes Thema blieb, fiel es mir, wenn wir sie dort in dieser Wohnung in Hamburg besuchten, schwer, auf irgendetwas anderes als diese Unordnung und diesen Schmutz zu achten, und während wir alle, meine Großmutter und mein Vater in ihren jeweiligen Sesseln und meine Mutter und ich auf Stühlen, um den niedrigen Tisch herumsaßen und die Unterhaltung voranschritt, strich ich möglichst unauffällig mit dem Finger über alle mir von dort erreichbaren Flächen, oder ich hob mein Glas und hielt es wie zufällig ins Licht, oder ich klopfte mit den Füßen erst sanft und dann ein bisschen fester auf den Teppich, um zu testen, wie viel Staub aufstieg, und wenn ich vorgab, auf die Toilette zu müssen, sah ich mich lange im Bad um, dessen Fenster zu einem Lichtschacht hinausging und das man deshalb nicht öffnen konnte, weil die äußere Fensterbank zentimeterhoch mit Taubendreck verkrustet war, und von den vielen Seifen, die dort überall herumlagen, waren die allermeisten grau und rissig, und dann mussten wir auch schon wieder los, weil meine Eltern nämlich, bevor sie hier in der Wohnung übernachteten, in Hamburg noch ausgehen wollten, und weil meine Großmutter, die ich nur bei ihrem Vornamen nennen durfte, sie selbstverständlich begleiten wollte, musste ich jetzt zu Tante Käthe gebracht werden, und darauf freute ich mich bereits, denn es war schließlich nicht das erste Mal, dass ich dort übernachtete. Und so wie der von ihr gebackene Marmorkuchen, den sie mir alle zwei Wochen schickte, immer der gleiche war, so waren auch die Abläufe dort immer die gleichen, und am meisten freute ich mich auf das Hähnchen mit den Pommes, das es zur Begrüßung geben würde, und dann würden wir wieder bis in die Puppen fernsehen, und zwischendurch würde sie mir vom Krieg erzählen. Einmal hatte sie sogar Adolf Hitler gesehen, und dieser Moment stand noch so deutlich vor ihren Augen, als wäre es gerade erst gewesen, und von heute aus war es natürlich leicht, etwas anderes zu sagen, aber der Mann war nicht nur edel und stolz, sondern er hatte auch eine Ausstrahlung gehabt, die heute kein Mann mehr besaß. Später im Bett war mein Kopf dann immer voller Bilder, das Kopfkissen knisterte, weil die Wäsche frisch gestärkt war, und am Morgen gab es Toastbrot, was bei uns auch tabu war. Und obwohl weder mein Vater noch meine Mutter Hähnchen und erst recht keine Pommes mochten, mussten sie immer ein bisschen bleiben und mitessen, denn schließlich hatte Tante Käthe gemeinsam mit meiner anderen Großmutter meine Mutter in Leipzig großgezogen, und mit siebzehn war meine Mutter zusammen mit Tante Käthe nach Hamburg gekommen, und auch weil meine Mutter ihre Mutter seitdem so gut wie nicht mehr gesehen hatte, war Tante Käthe so etwas wie eine Mutter für sie, und eigentlich war Tante Käthe auch eine liebe und gute Frau. Ein bisschen problematisch war nur, dass mein Vater und Tante Käthe sich nicht mochten, und wenn sie, nachdem sie das Hähnchen zerteilt hatte und bevor sie es mit den Händen auf die Teller legte, sich das Fett von den Fingern leckte, dann sah ich immer, wie er leicht würgen musste, und schon nach dem kleinsten Stück auf seinem Teller sagte er streng: *Danke!*, und merkwürdig war auch, dass, obwohl man in der Wohnung vom Boden hätte essen können, Tante Käthe selbst immer ein bisschen muffig roch, und auch ich hielt den Atem an, wenn sie mir zu nahe kam, und das wiederum lag wahrscheinlich daran, dass sie immer dieselbe weiße Bluse und denselben grauen Rock trug, und auch darin war sie das genaue Gegenteil der Mutter meines Vaters, in deren Wohnung man zwar nicht die Schuhe ausziehen wollte, die aber immer elegant gekleidet und geschminkt war und alle paar Minuten ihren Lippenstift hervorzog, und auch ihr Halstuch war jeden Tag ein anderes, und dort, wo sie gerade gewesen war, hing, einer Erinnerung gleich, immer noch für einige Zeit ihr Parfum in der Luft.

Manchmal, so dachte ich, wenn ich unten auf der Badewiese von meinem Buch aufschaute und zu meinen Füßen hinsah, war die Welt nicht mehr als Sonnenschein und Vogelzwitschern, und im Gegensatz zu meiner Mutter zum Beispiel, die für ihre Größe und Statur eher lange Beine hatte, hatte mein Vater für seine Größe und Statur eher kurze Beine. So wenig mein Vater die langen Beine seiner Mutter geerbt hatte, so wenig hatte meine Mutter die kurzen Beine ihrer Mutter geerbt. Ich indes besaß die eher langen Beine meiner Mutter, die sie wiederum nur von ihrem Vater geerbt haben konnte, der ebenso im Krieg gefallen war wie der Vater meines Vaters, der demzufolge so sicher, als ob es irgendwo geschrieben stünde, eher kurze Beine gehabt haben musste.

Jetzt, da sie verrentet war und deshalb die Genehmigung zur Ausreise erhielt, konnte meine Omi aus Leipzig uns endlich besuchen. Es war Sommer, und wie immer im Sommer fuhren an den schönen Tagen die Freunde meines Vaters mit ihren Frauen vor, um sich unten auf der Wiese zu sonnen und im See zu baden. Oft blieben am Ende des Tages noch einige von ihnen übrig, und dann wurden draußen an einem Tisch bis in die Nacht hinein in lebhafter Stimmung Bier und Wein getrunken, und inmitten dieser bunten Gesellschaft wirkte meine Omi aus Leipzig, die kaum größer war als ich, noch kleiner und noch fremder, so, als wäre sie aus einer anderen Welt wie zufällig hier aufgeschlagen, oder auch so, als wäre sie aus dem Bauch des Dorfs hier auf unser Grundstück gespült worden, denn wie die meisten älteren Frauen aus dem Dorf hatte auch sie krumme Füße mit Zehen, die sich merkwürdig zur Seite bogen, wie sie trug auch meine Omi ihre Haare zu einem Dutt gebunden, und wie deren Gesichter war auch das Gesicht meiner Omi ungeschminkt, und anders als meine Großmutter aus Hamburg, die es liebte, von Menschen umgeben zu sein, nahm meine Omi aus Leipzig nur an diesen abendlichen Runden teil, wenn sie von meiner Mutter darum gebeten wurde, und immer saß sie dann am Rand, und obwohl sie eigentlich gar nichts brauchte, bekam sie natürlich trotzdem etwas zu trinken, und schon der kleinste Schluck in ihrem Glas war ihr mehr als genug, und weil ich in dieser Ferienzeit an diesen Abenden oft neben ihr saß, war es auch an mir, darauf zu achten, dass sie sich wohlfühlte. So hockten wir beide meist still beieinander und horchten den Gesprächen nach, und hin und wieder griff sie kurz nach meiner Hand und flüsterte einem Seufzer gleich: *Mein Gutster*, und wenn sie dann über den Tisch oder einige Köpfe hinweg plötzlich angesprochen wurde und die Frage wie immer lautete, wie es denn gerade in der DDR aussehe, in die sie viel zu bald, in anderthalb Wochen bereits, zurückreisen würde, dann sprach ich ihre stets gleichlautende Antwort im Geiste mit, und so, als bräuchten ihre Worte diese Unterstützung, nickte ich während ihrer Rede vor mich hin, denn dort war es so, wie es nun mal war, und weil man daran selbst nichts ändern konnte, hatte man gar keine andere Wahl, als sich damit abzufinden, und immerhin war es ja so, dass man lebte, und da man ja auch schon sehr viel Schlimmeres durchgemacht hatte, würde man sich deswegen auch jetzt nicht unterkriegen lassen. Wenn meine Omi sich dann weit vor den anderen erhob, saßen wir oft noch für eine Weile im Wohnzimmer zusammen, und auch dort, so klein auf dem großen Sofa, wirkte sie wie jemand, der ausgeschnitten und falsch wieder eingeklebt worden war, und wenn sie dann vom Krieg erzählte, wie sehr sie an ihn geglaubt hatten, wie falsch es gewesen war, dass er nach Frankreich auch noch Russland hatte haben wollen, wie sie Leipzig hatte brennen sehen und wie bitterkalt es manchmal gewesen war, dann war mir, als ob ich in ihren Worten badete, und nach jeder dieser Episoden griff sie wieder nach meiner Hand und seufzte: *Ach, mein Gutster*, und jetzt plötzlich selbst so eine richtige Omi zu haben, die sogar den Omis der anderen ähnelte, war wie ein unverhofftes Geschenk, und auch später noch im Bett war mir, als wäre ich neben meiner Decke gleichsam von ihrem Blick umhüllt, in dem so viel Verständnis, Mitleid und eigenständige Traurigkeit lagen.

Obwohl immer noch eine mutige Frau, die sich nichts gefallen ließ, war es schwer zu glauben, was für ein wildes, freches und aufgewecktes Mädchen meine Mutter gewesen war, und weil sie sich statt zu wenig immer eher zu viel zugetraut hatte, bezeugten die vielen kleinen Narben an ihren Knien noch jetzt, wie oft sie hingeschlagen war. Dass meine Mutter tatsächlich ein lebhaftes Kind gewesen war, bestätigte auch die Omi, aber gleichzeitig war meine Mutter auch lieb und zuverlässig gewesen, und dann hatte man ja damals aufgrund der vielen Sorgen oftmals gar nicht die nötige Zeit füreinander gehabt, und am Ende des Tages war man schon froh gewesen, wenn der Tag geschafft war, und anders als meine wilde Mutter war zum Beispiel mein Vater, was man von heute aus mindestens ebenso wenig glauben konnte, ein schmächtiger und sensibler Junge gewesen, der sogar schüchtern hatte sein können, und dazu passte, dass mir die Kinder, die ich gemeinsam mit meiner Omi und meiner Mutter auf den Fotos betrachtete, wie gänzlich Unbekannte entgegenschauten und ich weder auf dem einen kleinen Stapel eine Verbindung zu meiner Mutter heute noch auf dem anderen kleinen Stapel eine Verbindung zu meinem Vater heute herzustellen wusste, und vielleicht lag das nicht nur an den Gesichtern, sondern auch an den Fotos, denn obwohl meine Eltern beide noch ziemlich junge Menschen waren, wirkten diese kleinen Schwarz-Weiß-Aufnahmen mit ihren gezackten und vergilbten Rändern wie aus einer unendlich fernen Zeit, die von hier aus, von diesem Grundstück aus, der grünen Wiese und den bunten Badetüchern, den glänzenden, heißen Autodächern und aufgeklappten Liegestühlen mindestens ebenso ungreifbar war wie die Vorstellung, selbst irgendwann auf diese Allgegenwart hier wie auf etwas vor Urzeiten Vergangenes zurückzublicken.

Meine Großmutter aus Hamburg war eine richtige Erscheinung. Das lag nicht nur daran, dass sie Schauspielerin war. Es lag auch an ihrem hohen Wuchs und ihrer tiefen Stimme, die mächtig durch die Räume dröhnte, und dann lag es auch noch an der Art und Weise, wie sie sich immer gerade hielt, und wenn mein Vater und ich, während meine Mutter zu Hause den Tisch für das zweite Frühstück deckte, sie in der Kreisstadt am späten Vormittag vom Bahnhof abholten, dann kam sie nicht nur einfach an, sondern sie leuchtete auch, noch bevor sie den Fuß auf das Trittbrett setzte, zuerst in der schmalen Tür auf, und immer hatte sie zur Begrüßung eine Flasche Sekt dabei, die sofort ins Eisfach musste, und natürlich auch dieses Mal wieder Lachs, den allerdings außer ihr niemand jemals anrührte, da, obwohl er heute noch nicht grünlich schimmerte, immer die Gefahr bestand, dass er nicht mehr ganz frisch war. So, wie mein Vater sogleich einen ganzen Raum ausfüllen konnte, konnte auch sie sogleich einen ganzen Raum ausfüllen, und im Wohnzimmer stand ihr so selbstverständlich der zweite Sessel zu, als stünde er auch sonst nur für sie da, und ebenso selbstverständlich saß sie im Auto vorn neben meinem Vater. Da spielte es auch keine Rolle, dass meiner Mutter hinten auf der Rückbank regelmäßig schwindlig und flau wurde, und nur wenn meine Mutter, weil mein Vater auf der kleinen Feierlichkeit ein bisschen zu viel getrunken hatte, selbst zurückfahren musste, wurde meine Großmutter hinten zu mir auf die Rückbank gesetzt, und obgleich sie sich mit beiden Fäusten auf dem Polster abstützte, schwankte sie trotzdem in jeder Kurve von der einen zur anderen Seite, und sie momentweise so nah zu wissen, war auch deshalb ungewohnt, weil sie sonst ein Mensch war, der mit Berührungen nichts anzufangen wusste, und der Grund für diese plötzliche Nähe bestand ja auch nur darin, dass der Tag bis dahin lang gewesen war, und weil sie keinen Rotwein vertrug, trank meine Großmutter nur Weißwein, der dafür aber bereits am frühen Nachmittag entkorkt wurde, und die Flasche Sekt zur Begrüßung war da auch schon weg, und ob es nur bei dieser ersten Flasche Weißwein geblieben war, wusste ich meist nicht zu sagen, und dann besuchte uns meine Großmutter ja auch eigentlich nur zu bestimmten Anlässen, Feiertagen zum Beispiel oder kleinen oder größeren Festlichkeiten, die entweder bei uns oder den Freunden meiner Eltern stattfanden.

Auch dieses Mal gab es einen Anlass, der darin bestand, die Mutter meiner Mutter kennenzulernen. Schon im Vorfeld dieses Ereignisses war ich aufgeregt, und die Angst trieb mich um, ob ich nicht eine der beiden Frauen dadurch kränken würde, dass ich mich aus Versehen zu dicht bei der anderen aufhielt. Zu dieser Unsicherheit kam noch die Befürchtung hinzu, ob die leisen Worte meiner Omi überhaupt bis zu meiner Großmutter aus Hamburg hinaufreichen würden, ob sie nicht über diese Worte, als wären sie bereits vor ihren Ohren verhallt, einfach hinweggehen würde, so wie auch ihr Blick manchmal über alles hinweg in eine unbestimmte Ferne wanderte, bevor er wie durch einen inneren Weckruf ganz plötzlich ins Hier und Jetzt zurückkehrte. Aber dann waren zum Glück all diese Sorgen unbegründet, denn beide zeigten sich sehr erfreut, einander endlich kennenzulernen, und beide hatten schon viel voneinander gehört, und ebenfalls hatten beide eine Reise hierher hinter sich, und später, draußen am Tisch, trank meine Omi gern ein kleines Glas Sekt mit, und dort in der Sonne boten sie sich jetzt sogar das Du an. Das allein war ja schon richtig viel. Es war zum Beispiel schon viel mehr, als jemals zwischen meiner Großmutter aus Hamburg und Tante Käthe gewesen war, die sich, wenn sie einander begegneten, noch immer siezten und sich gegenseitig mit *Frau* und *Fräulein* ansprachen, was sich bei einer so alten Frau wie Tante Käthe komisch anhörte, und weil die Omi dort in Leipzig schon seit Längerem Westempfang hatte, war es vielleicht sogar möglich, dass sie meine Großmutter aus Hamburg, ohne es selbst zu wissen, bereits aus dem Fernsehen kannte, denn wenn es auch nicht oft vorkam, war sie doch manchmal immerhin in kleinen Rollen zu sehen, und da diese Filme meist im Vorabendprogramm liefen, saß ich wie gebannt vor dem Gerät, und weil ich nur ihrem Auftritt entgegenfieberte, zog die Handlung spurlos an mir vorbei, und zudem war ich ja auch mit dem Auftrag betraut, meine Mutter zu rufen, wenn die Großmutter ins Bild kam. Deshalb saß ich vor dem Fernseher wie ein Tiger vor dem Sprung, bis ich plötzlich rief: *Da ist sie!*, und irgendwo aus dem Haus heraus meine Mutter zurückrief: *Ich komme!*, und ich dann: *Da schon wieder!*, und meine Mutter hastig zurück: *Ich komme!*, aber wenn sie dann endlich kam, war meine Großmutter meist schon wieder entwischt, und nachdem wir noch ein bisschen geschaut hatten, fragte sie mich: *Wie war sie?*, und ich sagte: *Super*, und meine Mutter nickte und sagte dann: *Das macht sie einfach gut.*

Die Schulbücher, die ich mit meiner Mutter abgeholt hatte, waren wieder sehr teuer gewesen, und wenn ich vor genau einem Jahr, als wir diese Bücher das erste Mal für die neue Schule besorgt hatten, noch so etwas wie Neugierde und einen gewissen Stolz empfunden hatte, dann war zumindest dieser Zauber dahin. Da diese Bücher in ihrem leuchtenden Orange oder hellen Grün überhaupt nicht zu unseren alten Möbeln passten, hatte ich sie sogleich in mein Zimmer räumen müssen, wo sie auf meinem Schreibtisch lagen und bedrohlich anzeigten, dass langsam Schluss war mit Ferien. Dabei zählte ich, was ich vorher in Wochen wahrgenommen hatte, nur mehr in Tagen, und schon ab morgen würde ich in Stunden zählen müssen. Schon letzte Nacht war ich gleich drei Mal aus dem Schlaf geschreckt, weil ich glaubte, den Wecker gehört zu haben, und wenn ich jetzt das Buch sinken ließ, blitzten auf einmal wieder die Gesichter meiner Klassenkameraden vor mir auf, die zu Beginn der Ferien wie Blätter in die Ferne geweht worden waren, und ich sah und hörte sie zu mir hin lachen und spürte, wie es schon jetzt in mir kämpfte, wie ich schon jetzt mit mir rang, ob der Fehler vielleicht darin bestehen würde, mit ihnen zu lachen, oder ob er nicht vielmehr darin bestünde, nicht mit ihnen zu lachen. Allein diese Frage überforderte mich hoffnungslos, und deshalb versuchte ich, mich wieder in die andere Vorstellung zu flüchten, die ich heute, eigentlich nur wenige Minuten zuvor, auch schon gehabt hatte. Da waren wir Jungs alle vor dem Werkraum versammelt und warteten auf Herrn I., der immer zu spät kam, und natürlich, wenn auch heute nur zum Schein, hielt ich mich ein wenig abseits, denn gleichzeitig hatte ich die Tasche bereits auf den Boden gestellt, um die Arme frei zu haben, und auf diese Weise vorbereitet, warf ich einen herausfordernden Blick zu Ralf hin, weil ich wusste, dass er das nicht mögen würde, und ich musste auch gar nicht lange warten, bis er sich mir näherte, und obwohl er mich jetzt zu schubsen begann, blieb ich ganz ruhig, und auch, als noch Martin dazukam und mich ebenfalls schubste, blieb ich ruhig. Es war fast, als müsste ich über das, was sie da taten, lachen, und bevor ich dann ansatzlos zuschlug, sah ich noch kurz zu den anderen hin, die in unsere Richtung grinsten, und so, wie ich es gewollt hatte, traf meine Faust Ralf in den Magen, und weil er wie ein Klappmesser nach vorn zusammenbrach, riss ich mein Knie in die Höhe und schmetterte es gegen seine Nase, und im selben Moment schnellte auch mein Ellbogen seitlich in die Höhe und traf, wie vorausgesehen, Martin am Kinn, der daraufhin mit dem Hinterkopf an die Wand knallte und wie ein nasser Sack an ihr hinabrutschte, und während die beiden sich, wimmernd und aneinandergestützt, wieder aufrichteten, standen die anderen dort wie vom Donner gerührt, und als der Lehrer dann die Tür aufschloss, da bildeten sie ein Spalier, durch das ich als Erster in den Raum spazierte, und wenn ich dort von der Werkbank aus, an der wir etwas zu feilen hatten, ganz gleich zu wem meinen Blick richtete, dann bekam ich ein so willfähriges

Nicken zurück, als handelte es sich um einen unwiderrufbaren Befehl.

Der Junge, der seit Beginn des neuen Schuljahrs mit mir die Bank teilte, war aus dem Jahrgang über uns herabgestuft worden, und auch wenn wir nur wenig miteinander sprachen, war es trotzdem toll, jetzt einen Sitznachbarn zu haben, und es war ja auch ein Zeichen dafür, dass ich allmählich in der Klasse ankam. Es brauchte manchmal eben ein bisschen Geduld, und weil die sich am Ende immer auszahlte, war es für mich auch so befreiend, heute wieder von ihm zu Hause erzählen zu können, und dass jemand sitzen blieb, kam nicht nur in den besten Familien vor, sondern hatte auch gar nichts zu bedeuten, und wenn ich auch sonst nicht viel von ihm wusste, so wusste ich immerhin, dass er in seinem Zimmer einen eigenen Fernsehapparat besaß. Vor allen Dingen aber wusste ich, dass er hier bei uns in der Kreisstadt dem Boxverein beigetreten war, und das wiederum war etwas, von dem ich mir sicher war, dass es auch meinen Vater interessierte, und dass er sogleich nachfragte, erfüllte mich mit Stolz, denn diese Aufmerksamkeit, die er mir jetzt schenkte, war ja gar nicht so leicht und selbstverständlich von ihm zu bekommen, und deshalb fühlte sie sich fast ebenso schön und kostbar an wie dieser Moment heute in der Schule. Da hatten wir zum ersten Mal im neuen Schuljahr im Musikraum, der gleich neben der Aula lag, wieder Musikunterricht gehabt, und wie alle anderen hatte auch ich mich dort auf meinen alten Platz gesetzt, und obwohl der Musikraum mindestens doppelt so groß wie unser Klassenraum war und obwohl es dort nicht nur genügend, sondern nahezu unendlich viele andere freie Plätze gegeben hätte, hatte sich mein neuer Sitznachbar, nachdem er sich kurz umgeschaut hatte, so, als handelte es sich dabei um eine Selbstverständlichkeit, auch hier wieder neben mich gesetzt.

Jetzt im Bett den Schwingungen ihrer Worte nachzulauschen, die ineinander verwoben, dunkel und unverständlich aus dem Erdgeschoss in mein Zimmer hinaufflimmerten, hatte etwas sehr Gemütliches. Manchmal wurde der Klang dieser Stimmen so schwach, dass ich schon glaubte, sie seien dort unten verstummt, doch dann lachten sie plötzlich auf, und in diesem Moment huschte auch über mein Gesicht ein kurzes Grinsen. Seit dem späten Vormittag hatte sich dieses Grinsen unzählige Male auf meinem Gesicht gezeigt, denn diese Tage, an denen die Künstlerkollegen meines Vaters anreisten, um hier bei uns in der Werkstatt gemeinsam zu arbeiten, besaßen eine eigene Dynamik, die auch mich ansteckte, und ohne ihnen zu sehr ins Auge zu fallen, hatte ich mich auch heute wieder über viele Stunden hinweg möglichst nah bei ihnen aufgehalten, um möglichst viele ihrer Gespräche mitzubekommen, denn da sie sich so lange kannten, hatten sie einen ganz besonderen Umgang miteinander, und weil sie sich so lange kannten, konnten sie einander auch jederzeit widersprechen, und wenn sie sich über einen ihrer zahllosen gemeinsamen Bekannten unterhielten und einer sagte, er finde, das sei ein Arschloch, sagte ein anderer, er mache es sich wie immer zu einfach, und wenn einer eine Vermutung anstellte, sagte ein anderer, das sei doch Quatsch, und wenn einer zu dem anderen sagte, er verstehe nicht, was er meine, sagte der, dass ihn das tatsächlich nicht wundern würde, und manchmal, wenn sich einer abwandte, zeigte einer ihm zu den beiden anderen hin einen Vogel, und so ging es den ganzen Tag, und das schon seit so vielen Jahren. Mein Vater war damals derjenige gewesen, der als Letzter zu der Gruppe stieß, und als der Zweitgrößte und der Kleinste ihn in die Kneipe einluden, um sich besser kennenzulernen, denn sie waren sich vorher immer nur zufällig begegnet, da fragte mein Vater, wo denn der andere sei, der noch fehlte, und da zeigten der Zweitgrößte und der Kleinste gleichzeitig unter den Tisch, denn dort lag er auf dem Boden und schlief. Auf keinen Fall dürfe man ihn wecken, hieß es, weil er dann immer allen in die Waden beiße, und jetzt, diese Geschichte erneut vor Augen, merkte ich, wie sich schon wieder ein Grinsen über mein Gesicht ausbreitete. Dabei war der, der dort geschlafen hatte, heute der Ruhigste und Leiseste von ihnen, und die einzige Stimme, die ich manchmal von unten herauszuhören meinte, war die des Kleinsten, und der, der da geschlafen hatte, war ja auch heute nach meinem Vater der mit Abstand Fleißigste von ihnen, aber sie waren ja auch alle vier längst nicht mehr so verrückt wie damals in Berlin, wo sie ebenso berühmt wie verschrien waren, denn wenn sie irgendwo zu viert auftauchten, hatten andere sofort Reißaus genommen. Aber zum Glück war das lange vorbei, und dass sie alle vier so lieb geworden waren, lag vor allen Dingen daran, dass sie jetzt älter waren und jeder von ihnen auf seine Weise Verantwortung trug, und dass sie überhaupt bis in die heutige Zeit als Gruppe zusammengeblieben waren und noch immer Spaß miteinander hatten, war mehr als ein kleines Wunder. Immer noch zog dieser Spaß mit unverminderter Kraft die Leute an, und deshalb waren auch heute spontan am Nachmittag zwei Schriftsteller gekommen, und der eine musste zwar bald wieder weg, aber der andere war später noch mitgekommen, und das war immer das Schönste an diesen Tagen, dass wir, wenn die Künstlerkollegen meines Vaters bei uns waren, am Abend in dieses Lokal am Platz in der Kreisstadt fuhren, wo es immer dieses wunderbare Schnitzel und diese wunderbaren Kroketten für mich gab, und weil wir immer so viele waren, bekamen wir auch jedes Mal den gleichen Tisch dort, und auch heute hatte es sich endlos verzögert, bis wir endlich loskamen, und damit wir alle tatsächlich in das amerikanische Auto passten, klappte mein Vater die beiden Notsitze hinten um, und der Kleinste und ich kletterten durch die Heckklappe hinein, und kaum dass er sich gesetzt hatte, schimpfte der Kleinste auch schon unentwegt vor sich hin, wie lahmarschig hier alles zugehe und dass dieses scheiß Auto sowieso nicht anspringen würde, und tatsächlich, weil diese jenes und jener dieses vergessen hatte, dauerte es auch heute eine Ewigkeit, bis sich alle hineingezwängt hatten, und tatsächlich war das Auto beim letzten Mal nicht angesprungen, und es hatten gleich mehrere Taxis bestellt werden müssen, und als dann diesmal endlich alle saßen, zündete sich mein Vater, wie er es immer tat, zuerst seine Pfeife an, und der Kleinste schüttelte den Kopf, und gegen den Rauch, der jetzt schwer durch den Innenraum zog, weil sich die Fenster erst öffnen ließen, wenn der Wagen gestartet war, rief er nach vorn, wie bescheuert man eigentlich sein müsse, sich nicht mal für ein paar Minuten zusammenreißen zu können, und mein Vater rief: *Schnauze dahinten!*, und im Lokal saß der Kleinste dann immer auf der gegenüberliegenden Tischseite von mir, weil er nicht auf diesen grässlichen Schinken in Öl an der Wand glotzen wollte, und mein Vater nahm wie immer am Kopfende Platz, und dann hielt er die geöffnete Speisekarte in die Runde, denn auf der ersten Seite stand der Satz: *Hier kocht der Koch persönlich pikant und würzig*, und als dann der Wirt an unseren Tisch kam, sagte mein Vater zu ihm: *Ich habe gehört, dass hier der Koch persönlich kocht, und zwar pikant und würzig*, und dann lachten alle auf, und nur der Kleinste rief: *Au Mann, jetzt geht das schon wieder los!*, und dann rief er: *Ich persönlich nehme erst mal ein Bier!*, und wie befreit, als wäre er sich seiner selbst plötzlich wieder bewusst, rief der Wirt nun in die Runde, wer noch ein Bier wolle, und während ich wiederholt darüber nachdachte, worin die Lächerlichkeit dieses

Satzes eigentlich bestand, hatte ich mich auch schon in diesem riesigen Schlachtengemälde vor mir an der Wand verloren, dem Pferd dort, das sich mit irrem Blick aufbäumte und dessen Zunge wie herausgeschleudert weit aus dem Maul hing, seinem Reiter, der, die Hand über dem Herzen von einer Kugel getroffen, nach hinten stürzte, den beiden Soldaten daneben, von denen der eine, die Bajonettspitze tief im Bauch, gerade zusammenbrach, dem Toten dahinter, auf dessen Hand ein anderer Soldat mit angelegtem Gewehr kniete, und von dort aus den Hügel hinauf bis zum Horizont Aberhunderte weitere rennende, schießende und sterbende Menschen, dazwischen graue Kanoneneinschläge und helle Explosionen. Und jetzt hier, inmitten dieses tosenden Schlachtenlärms, der mich nun wieder ganz umgab, die Decke fest um mich geschlungen, einzuschlafen, war herrlich.

Dieser Moment, da mein Sitznachbar nach vorn auf die Knie sackte und, den Blick zum Ringboden hin, benommen den Kopf schüttelte, hatte mich bis tief in die Nacht aufgewühlt, und ebenfalls bis tief in die Nacht hatte mich die Frage gemartert, mit welchen Worten ich ihm gegenüber am nächsten Tag auf unserer Bank darauf reagieren sollte. Auch jetzt, im Bus auf dem Weg zur Schule, suchte ich noch nach den richtigen Worten, und dass sie so schwer zu finden waren, lag in diesem Fall nicht nur an mir, sondern es lag auch an der Kürze des Kampfs, der nur wenige Sekunden gedauert hatte, und dass er darum nun im Nachhinein auch noch in diesem großen Missverhältnis zu der ungeheuren Aufregung stand, die ihn seit Wochen umgeben hatte, machte alles noch schwieriger, denn wenn mein von Natur aus so stiller Sitznachbar in der letzten Zeit überhaupt etwas gesprochen hatte, dann nur von diesem anstehenden Turnier. Obwohl es öffentlich im Schützenhaus der Kreisstadt ausgetragen wurde, war ich der Einzige aus unserer Klasse, dem er davon erzählte, und dass ich es gegenüber den anderen für mich behalten sollte, war gleichzeitig die Bedingung dafür gewesen, dass ich davon erfuhr. Dies allein hatte dem Termin bereits Tage vorher eine Bedeutung verliehen, die noch stetig angeschwollen war, und dann war hinzugekommen, dass ich das Turnier gemeinsam mit meinem Vater besuchen würde. Deshalb war es bei dieser Unternehmung auch nicht nur um meinen Sitznachbarn gegangen, sondern auch ein bisschen um mich, denn seitdem ich meinem Vater das erste Mal von meinem Sitznachbarn und dem Boxverein erzählt hatte, drängte er mich, ebenfalls dort einzutreten. Wie einem gezielten Schlag musste ich dieser Idee immer wieder ausweichen. Trotzdem gab ich immer alles, was mir mein Sitznachbar aus dem Boxverein erzählte, zum Beispiel dass sie manchmal eine ganze Stunde lang nur einen bestimmten Schritt übten, sofort zu Hause weiter, und gerade deshalb war es eigentlich noch unverständlicher, warum ich mich so dagegen sperrte, in den Boxverein einzutreten, und enttäuschend war es natürlich auch, und außer dieser unbenennbaren Angst, diesem klammen Gefühl, wusste ich ja selbst nicht zu sagen, was sich in mir so dagegen sträubte. Es leuchtete mir ja auch ein, dass Boxen als Ganzkörpersport nicht nur die Kondition, sondern auch das Selbstbewusstsein stärkte, und da das eigentlich sogar meinem eigenen Wunsch entsprach, weil ich mir doch schon so oft erträumt hatte, ein anderer zu sein, nahm ich mir, als wir uns jetzt in die vorderste Reihe am Boxring setzten, vor, nicht nur alles ganz genau zu betrachten, sondern womöglich noch am selben Abend zu verkünden, selbst in den Boxverein eintreten zu wollen. Der Umstand, dass mein Sitznachbar und sein Gegner die jüngsten Teilnehmer des Turniers waren, das gegen eine Mannschaft aus einer erheblich größeren Stadt geführt wurde, die später noch eine gut anderthalbstündige Rückfahrt vor sich hatte, war auch der Grund, weshalb dieser Kampf als Erster ausgefochten wurde, und aus dem Ring heraus hatte mein Sitznachbar zu mir hin genickt, und mein Vater hatte gefragt: *Ist er das?*, und als dann sein Gegner vorgestellt wurde, da durchfuhr mich ein kleiner Schreck, denn er hieß Ali Soundso, und mein Vater sah mit einem Lächeln zu mir hin und sagte: *Aliiiii!*, und dann ertönte der Gong, und kaum dass sie sich aufeinander zubewegt hatten, war der Kampf auch schon zu Ende, und die nächsten beiden betraten den Ring, und auch hier kämpfte wieder einer aus unserer Kreisstadt gegen einen Gastarbeiterjungen, und auch dieser Kampf endete wieder mit dem gleichen Ergebnis in der ersten Runde, und so ging es fort, bis am Ende ein erwachsener Türke einen Erwachsenen aus dem hiesigen Verein ebenfalls in der ersten Runde umhaute. Obwohl wir bestimmt sechs Kämpfe gesehen hatten, war meine Mutter erstaunt, wie zeitig wir wieder zu Hause waren, und das wiederum lag daran, dass man an diesem Abend in hervorragender Weise das ganze Wesen dieses Sports ablesen konnte, denn dass diese angereisten Boxer einem Mahlwerk gleich unsere Boxer einen nach dem anderen auf die Bretter schickten, lag auch an den Widerständen, die sie sonst im Leben zu überwinden hatten, und deshalb waren sie im Gegensatz zu unseren einfach hungriger.

Dass ich keinen glücklichen Eindruck machte, sah man daran, dass ich erheblich zugenommen hatte und bereits richtige Rollen am Bauch besaß, aber vielleicht war das auch nur ein Zeichen dafür, dass ich kurz vor dem nächsten Wachstumsschub stand, und da ich mich selbst bei schönstem Wetter lieber im dunklen Haus aufhielt, bewegte ich mich leider auch zu wenig. Auch das war etwas, was mir nicht guttat, nur war ich mittlerweile zu alt dafür, dass man mich einfach zu irgendetwas zwingen konnte, und so wie zum Großwerden dazugehörte, nach und nach Verantwortung für sich zu übernehmen und zum Beispiel das eigene Zimmer auch dann hin und wieder aufzuräumen, wenn man nicht explizit darum gebeten wurde, so gehörte ebenfalls dazu, selbst zu begreifen, wie und warum man sich entweder wohl oder unwohl fühlte, und obwohl ich damit bereits auf einem guten Weg war, glaubte ich den durchgängigen Zweifel zu spüren, der in dem eindringlich forschenden Blick lag, den mir die Frau des Schriftstellers auch jetzt beim Frühstück immer wieder zuwarf. Schon gestern, als ihr Mann mit meinem Vater und seinen drei Künstlerkollegen in der Werkstatt gearbeitet und ich mit ihr und meiner Mutter draußen am Tisch gesessen hatte, hatte sie fast unentwegt auf diese Weise zu mir hingesehen, und ebenso unentwegt hatte meine Mutter diesen Blick argwöhnisch beäugt, und auch jetzt wieder, hier am Frühstückstisch, fühlte ich das Missfallen meiner Mutter an den Blicken dieser Frau, und weil sie deshalb noch schwerer zu erwidern waren, hielt ich den Kopf gesenkt und konzentrierte mich auf die Spitze meines Eies. Dabei waren diese Morgen nach den langen Nächten mit den Künstlerkollegen immer Ereignisse, bei denen das Zuhören besonders viel Spaß machte. Allein zu erfahren, wer von ihnen sich überhaupt noch an was erinnern konnte, welchen typischen Blödsinn dieser oder jener am Ende wieder geredet hatte oder wie der überraschende Gast, der später gekommen war, noch später wohl wieder zurückgekommen sein mochte, war immer lustig. Heute jedoch, in der ständigen Wahrnehmung dieser Frau gefangen, war mir, als wäre ich von diesen Geschichten und dem dazugehörigen aufbrausenden Lachen wie abgeschnitten, und deshalb stand mir auch mein Auftritt, der sich seit einiger Zeit bei uns am Wochenende eingebürgert und den ich darum auch heute gleich zu leisten hatte, wie eine Bürde bevor. Schon sprach ich im Geiste die fünf Worte immer wieder vor mich hin, denn da ich aus den Augenwinkeln sah, dass mein Vater bereits sein Besteck neben den Teller legte, nahte der Moment, und dann traf mich auch schon sein Blick, und aus seinem Mund ertönte die Frage: *Was braucht der Mann nach dem Frühstück?*, und indem ich den Kopf hochriss, antwortete ich: *Pfeife, Pfeifenstopfer, Tabakbeutel und Feuerzeug*, und mir gegenüber lachte sogleich die Frau des Schriftstellers auf, und zu meinem Vater hin warf sie die Worte: *Du sprichst ja mit deinem Sohn wie mit einem dressierten Äffchen*, und so wie die ganze Zeit über schon ihr Blick, zuckte jetzt auch dieser Satz wie eine Wahrheit in mich hinein, aber da winkte mein Vater bereits ab, und nachdem er zuerst kurz gelächelt hatte, sagte er nun mit ernstem Gesicht, dass dies nur ein Spaß sei und dass niemand diesen Spaß besser verstehen würde als ich, und da seine Augen nun zu mir hin schwenkten, nickte ich ihm zu, denn auch das war eine Wahrheit, und eigentlich war es sogar noch viel mehr als das, weil es nämlich meine Wahrheit war, und deshalb war es auch heute ganz selbstverständlich, sich zu erheben, und da ich nun mit den vier Dingen aus dem Nebenzimmer zurückkehrte, war es mein Vater, der mir eine besondere Beachtung schenkte und laut in die Runde hinein sagte: *Danke, mein Sohn*.

So wie der Mond um die Erde kreiste, so kreiste ich um meine Mutter, und meine Mutter kreiste mit mir um meinen Vater, und so wie die Tage und Nächte kreisten auch die Freunde meiner Eltern um unser Grundstück, und dort in der Mitte dieses Grundstücks saß mein Vater mit der Pfeife in seiner Werkstatt, und um ihn herum kreisten all die fremden Wesen und Dinge, und weil das alles seinem Kopf entsprang, waren vielleicht auch meine Mutter und ich und unser ganzes Leben hier mit den Hunden und den Nachbarn nichts weiter als eine Idee, die sich in dem Moment wieder in Luft auflöste, in dem die Pfeife ausgebrannt war.

Gestern waren wir bis ziemlich spät in die Nacht bei Freunden gewesen, und meine Mutter hatte dann die ganze Horde wieder zurückfahren müssen, und anders als mein Vater, der immer wie in einem Sessel tief in seinem Fahrersitz lehnte und das Auto lenkte, als ob es lediglich nebenher geschähe, hatte meine Mutter den Sitz wieder ganz nach vorn gestellt und sich wie immer auf diesen nächtlichen Fahrten aus dem Polster noch weiter vorgebeugt als sonst und auch das Lenkrad fest umklammert gehalten, und als mein Vater, der vom Beifahrersitz aus gemeinsam mit ihr die Fahrbahn beobachtete, sich jetzt seine Pfeife anzündete, da schob sie ihren Kopf durch den Rauchnebel sogar noch ein Stückchen weiter zur Scheibe vor, und dann fuhren wir ja auch gar nicht auf dem direkten Weg nach Hause, sondern auf einem Umweg, weil der Journalist, der neben mir auf der Rückbank saß, sein Auto besser hatte stehen lassen, um es erst am nächsten Morgen abzuholen, und als er jetzt etwas zu dem Kleinsten sagte, der, anders als seine beiden Kollegen, heute noch nicht wieder abgereist war, sondern eine weitere Nacht bei uns übernachtete, da waren die Worte des Kleinsten bereits so verschwommen und verwaschen, dass man sie kaum verstehen konnte. Weil es gleich wieder so weit sein würde, versuchte ich schon jetzt, mein Grinsen hinter der Hand zu verbergen, und als wir den Journalisten vor seinem Haus abgesetzt hatten und wieder angefahren waren und nun mein Vater von da vorn ein paar Worte an den Kleinsten richtete, da war es tatsächlich so, dass der nicht mehr antwortete, und weil es deshalb so still hier hinten blieb, drehte mein Vater sich um und sah über die Rückenlehne hinweg erst zu ihm und anschließend zu mir, und dann sagte er: *Immer dasselbe*, und aus ihrer Anspannung heraus lachte meine Mutter kurz auf. Es war ja auch wirklich so, dass der Kleinste bei allen möglichen Anlässen, spätnachts auf dem Sofa oder auch am Kneipentisch, plötzlich einschlief, und eigentlich war das sogar eine gute Gabe, weil er dadurch automatisch aufhörte zu trinken, denn es gab schließlich auch die, die vom Alkohol nicht müde, sondern wach wurden, und eigentlich waren die viel schlimmer dran, weil da überhaupt kein natürliches Ende gesetzt war, und wenn mein Vater zum Beispiel längst nicht so schnell wie der Kleinste einschlief, waren auch ihm Grenzen gesetzt, weil er das Glück hatte, einen empfindlichen Magen zu haben. Deshalb war es nach dieser Nacht auch heute wieder so, dass es ihm mit den ersten Pfeifenzügen nach dem Frühstück sogleich hochkam und alle wie von der Tarantel gestochen von der Bank springen mussten, damit er im Sprint noch die Toilette erreichte, und als er dann mit geröteten Augen wiederkam und sich auf dem Weg zum Tisch noch eine Träne von der Wange wischte, da war es nun der Kleinste, der, während er gemächlich von der Bank rutschte, um meinen Vater wieder durchzulassen, sagte: *Immer dasselbe.* Nur war der Ton, in dem er diese Worte sprach, viel giftiger, als es meinem Vater überhaupt möglich gewesen wäre zu sprechen, und dass dieser giftige Ton dem Kleinsten so eingeschrieben war, lag wiederum darin begründet, dass er eben von ihnen allen der Kleinste war.

Auch wenn ich es ihr immer sogleich anmerkte, war meine Mutter im Gegensatz zu meinem Vater eine, die sich gut verstellen konnte, und dass mein Vater dies nicht konnte, lag daran, dass er es nicht musste. Bei mir war es wiederum so, dass man mir meine Ungeschicklichkeit und dieses fehlerhafte Sprechen der Wörter, die oft völlig verdreht aus meinem Mund herausbrachen, vor allen Dingen aber diese ständige Stolperei, die ich mir angewöhnt hatte und jetzt, wo ich nur konnte, einsetzte, allein deswegen abnahm, weil ich auch sonst so ein hibbeliger Mensch war und kaum eine Sekunde normal, ohne zu kippeln, auf einem Stuhl sitzen konnte. Sogar während des Essens biss ich mir noch an den Fingernägeln rum –

und wenn ich einen Raum betrat oder draußen eine Wegstrecke vor mir hatte, dann erforschten meine Augen zuerst, welche Hindernisse sich mir bieten könnten, hier die kleine Schwelle oder die leicht abstehende Teppichkante, über die ich stolpern und vielleicht obendrein lang hinschlagen könnte, dort der Ast, in den ich mich bereits in zwei Schritten einfädeln würde, und wenn diese Geschehnisse im Kreis der Erwachsenen auch nie mehr als ein kurzes Erstaunen, eine winzige Verwunderung, den Ansatz eines trockenen Lachens oder ein genervtes Kopfschütteln hervorriefen, so überwog doch bei mir die Empfänglichkeit für diesen kleinen Moment der Aufmerksamkeit, diesen Moment, da die Blicke, während ich mich gerade noch fing oder mit überraschtem Gesicht vom Boden erhob, allein auf mir ruhten.

Die Aufgabe, etwas zu zeichnen, das der Wirklichkeit entsprach, einen Hammer, eine Zange oder eine Säge zum Beispiel, war immer eine ganz besondere Qual für mich, und als wir nun die Aufgabe bekommen hatten, zum nächsten Tag ein Fahrrad zu zeichnen, war mir bereits im Unterricht ganz flau geworden, denn eines der Dinge, die ich von meiner Mutter geerbt hatte, war, dass auch ich überhaupt nicht zeichnen konnte, und als sie deshalb beim Mittagessen meinen Vater fragte, ob er mir nicht helfen könne, sagte er, ich solle es erst mal selbst versuchen, und gab mir noch den Rat, bevor ich begänne, zuerst nach draußen zu gehen und mir eins unserer Fahrräder so lange anzusehen, bis ich es mir eingeprägt hätte, und obwohl ich doch auch schon vorher gewusst hatte, wie ein Fahrrad aussah, hatte ich das getan, und wie ich ebenfalls vorher gewusst hatte, hatte das auch gar nichts verändert, denn ich saß bereits seit Ewigkeiten in meinem Zimmer und hatte unendlich viel Papier verbraucht, und obgleich mir jetzt der Zirkel wie schon etliche Male zuvor verrutschte, sodass der eine von den beiden Kreisen, die ich in einem gewissen Abstand zueinander setzte, etwas größer als der andere geriet, machte ich auf diesem Blatt einfach weiter und zog mit dem Lineal einige Linien. Nun brauchte ich eigentlich nur noch den Sattel und den Lenker mit der Klingel, die Kette und die Schutzbleche, und als das endlich alles an seinem Platz war, spürte ich sowohl Erleichterung wie auch Mutlosigkeit, denn besonders schön war es wieder nicht geworden, aber weil es auch gar nichts anderes sein konnte, war es als Fahrrad erkennbar, und als meine Mutter mich später beim Abendbrot noch mal auf die Aufgabe ansprach, verspürte ich, da ich sie doch bewältigt hatte, gar keine Lust, meine Zeichnung vorzuzeigen, aber natürlich musste ich sie trotzdem holen. Als mein Vater, nachdem er sich kurz zu ihr hingebeugt hatte, den Kopf wieder hob, sah ich nicht nur die Verwunderung, sondern auch Ratlosigkeit in seinem Gesicht, und dann sagte er, dass auf einem solchen Fahrrad vermutlich nur ein rechter Dussel glücklich werden könne, und obwohl das lustig gemeint war, hörte ich doch deutlich sein Befremden heraus, so, als hätte ich gerade den

Beweis erbracht, dass auch der letzte Hoffnungsschimmer, den er in mich gesetzt hatte, reiner Trug gewesen war. Dann sah er wieder auf die Zeichnung hinab und fragte mich, ob ich wirklich glaubte, dass die Kette zwischen Vorderrad und Hinterrad verlaufe, und ob ich es praktisch finden würde, dass die Pedale so tief hingen und mit jedem Tritt die Erde durchpflügten, ob ich nicht fürchtete, hintenüberzufallen, wenn der Sattel noch jenseits des Hinterrades liege, und ob es eigentlich üblich sei, dass der Lenker nicht waagerecht nach vorn, sondern stattdessen steil nach oben zeige, und während mir das Blut derartig in den Kopf schoss, dass vor meinen Augen alles flirrte, hörte ich meine Mutter sagen, er möge mir doch bitte helfen, und dann nahm er ein Blatt und hatte in weniger als einer Minute ein Fahrrad skizziert, das er mir hinschob. Wir saßen nun still beieinander, und auch meine Mutter vermied es, zu mir hinzusehen, und als mein Vater mir auftrug, ihm ein Bier aus dem Keller zu holen, achtete ich auf eine andere Art, als ich es mir sonst in der letzten Zeit angewöhnt hatte, auf meine Schritte, denn da ich, wenn auch gegen meine Absicht, ihn heute mit meiner Zeichnung schon genug in Erstaunen versetzt hatte, gab es für dieses andere Erstaunen, das mir auf meinen Wegen bisweilen schon wie eine Selbstverständlichkeit zugeflogen war, heute keinerlei Platz mehr.

Gerade war es mir wieder so ergangen, dass mir von einer Zeile auf die nächste plötzlich zu Bewusstsein gekommen war, dass ich in Wirklichkeit gar nicht Teil all dieser Erlebnisse war, sondern stattdessen allein mit meinem Buch im Bett lag, und diese augenblickliche Erkenntnis war jedes Mal wie ein Verrat, so, als wäre ich zwischen diesen Zeilen einfach ausgespuckt worden, und weil ich mich aus diesem Grund, wenn ich ein Buch aufschlug, bereits vor dem Moment fürchtete, in dem ich es wieder zuschlagen musste, um das Licht zu löschen, las ich jetzt immer so lange, bis schon ein leises Schnarchen mein Atmen begleitete. Manchmal gelang es mir sogar, all diese lebendigen Geschehnisse mit in meine Träume hinüberzunehmen, und noch besser, als für immer in einem Buch zu verschwinden, war allein die Vorstellung, den Rest des Lebens im Fernsehapparat zu verbringen, und anders als in einem Buch wäre ich im Fernsehapparat vielleicht auch nicht völlig weg, sondern könnte vom Rand eines Bildes her neben dem Nachrichtensprecher oder inmitten einer Horde Cowboys aus einem Saloon heraus immer mal wieder fröhlich ins Wohnzimmer hineinwinken, und wenn meine Mutter dann auch oft eine gewisse Sehnsucht überfallen könnte, so würde sie sich bestimmt trotzdem freuen, zu sehen, wie gut es mir dort ging und wie viele Freunde ich gefunden hatte, und natürlich würde sie auch sofort zurückwinken, und mein Vater würde suchend auf das Gerät starren und fragen: *Wo ist er denn?*, und dann würde sie zum Fernseher eilen und dort unten links hinzeigen, wo ich gerade noch gewesen war, denn schon ging es weiter in dem rasenden Strom, und das nächste Mal würde ich vielleicht erst Monate später dort oben in der Mitte zu erblicken sein.

Zwar hatte meine Mutter keinerlei künstlerische Begabung, aber dafür zeigte sie in all ihren täglichen Verrichtungen ein großes Geschick, und wenn es zum Beispiel meinem Vater gelegentlich geschah, dass er in einem Anflug von Tollpatschigkeit etwas umstieß oder fallen ließ, so glich er diese Versehen doch spielend durch sein außerordentliches künstlerisches und auch durch sein außerordentliches handwerkliches Können wieder aus, und dass er das Glück hatte, diese beiden Begabungen in sich vereint zu finden, hatte sich schon früh gezeigt, denn was er bereits in meinem Alter gemalt oder gezeichnet, geschnitzt oder ausgesägt hatte und was zu einem Teil auch jetzt noch in der Wohnung meiner Großmutter in Hamburg zu finden war, verriet, welche Fähigkeiten er schon damals besessen hatte, und da ich weder von diesen Fähigkeiten noch von dem allgemeinen Geschick meiner Mutter auch nur den geringsten Teil abbekommen hatte, sondern stattdessen mit gleich zwei linken Händen gestraft war, gab es für mich nichts, woran ich weniger Freude hatte als am Werkunterricht. Dabei war der Werkunterricht, den nur wir Jungs erhielten, während die Mädchen im Nebenraum in Handarbeit ausgebildet wurden, der einzige Unterricht, der neben dem Sportunterricht in dem Ruf stand, Spaß zu machen. Deshalb war es wie beim Sportunterricht auch beim Werkunterricht so, dass er die anderen Jungs nicht nur bereits bevor er stattfand, sondern auch noch danach beschäftigte, denn wie beim Sportunterricht ging es auch hier um den Wettbewerb, wer mit seiner Pappe die uneinnehmbarste Burg gebastelt oder das schnellste Holzauto gefeilt hatte, und selbst mein Sitznachbar, dem sonst alles egal zu sein schien und dem auch bereits mitgeteilt worden war, dass er aufgrund eines katastrophalen Zeugnisses, das ihn zum Halbjahr erwarte, unsere Klasse in wenigen Wochen Richtung Hauptschule verlassen müsse, bastelte hier emsig und konzentriert vor sich hin. Wenn der Werklehrer, der gern ein bisschen zu spät kam, den Raum aufschloss, stürmten alle sogleich auf das Regalfach zu, in dem das, woran jeder gerade arbeitete, über die Woche gelagert wurde, und irgendwo dazwischen stand auch meine Burg oder mein Auto, und so wie ich mich von den anderen unterschied, so unterschieden sich auch meine Burg oder mein Auto von den Burgen und Autos der anderen, und wenn zum Beispiel bei einem fehlerhaften Diktat oder einer falsch gelösten Rechenaufgabe das eigene Versagen nur so lange sichtbar war, solange man das Heft auf genau dieser Seite aufgeschlagen hatte, erhob sich im Werkunterricht dieses Versagen stets aufs Neue in den Raum hinein, ein trauriges Gegenüber, das, da es nun einmal diesen Händen ausgesetzt war, schon von Beginn an verloren schien.

In meiner Klasse gab es einen Jungen, der denselben Bus wie ich nahm und auf dem Rückweg ungefähr auf halber

Strecke in einem Dorf ausstieg, in dem auch ein Freund meiner Eltern lebte und in dessen Mitte es, was eine echte Seltenheit war, einen Spielplatz gab, auf dem ich diesem Jungen, während meine Eltern bei dem Freund in der Küche oder im Garten saßen, schon ein paarmal begegnet war. Anders als in der Schule hatten wir dort auch miteinander geredet, und wir hatten dort sogar miteinander Fußball gespielt und uns auf der Drehscheibe gegenseitig Schwung gegeben, und vermutlich waren diese Begegnungen auch der Grund dafür, weshalb er sich jetzt manchmal und in letzter Zeit sogar immer häufiger auf der Rückfahrt im Bus neben mich setzte. Ich zog dann mein Kartenspiel hervor, und zwischen den Sitzen spielten wir, bis er aussteigen musste, stumm Mau-Mau vor uns hin, und weil es mir nun, da ich es nicht mehr nur in den eigenen Händen hielt, zunehmend peinlich war, wie abgegriffen mein Kartenspiel bereits war, hatte ich vor zwei Wochen im Tabakladen ein neues gekauft, das ich seitdem nur mit ihm benutzte, und am vorigen wie auch an diesem Morgen hatte er mir sogar auf der Hinfahrt den Platz neben sich frei gehalten, und wenn es einmal geschehen würde, dass auch ich zu einem der Geburtstage meiner Klassenkameraden eingeladen werden würde, dann mit Sicherheit zuerst von ihm.

Nach dem Frühstück hatten sich meine Eltern mit einem Freund zu einem kleinen sonntäglichen Spaziergang verabredet, und nun waren wir hier auf dem Deich, und schon auf dem Weg zum Deich hinauf war ich gestrauchelt, und auch jetzt auf dem Deich befand sich da, wo ich eben noch gewesen war, plötzlich ein Loch in der Luft, unter dem ich erneut am Boden lag, und während ich mich wieder aufrichtete, fühlte ich den Blick des Freundes meiner Eltern auf mir, und dann beobachtete ich, wie er sich zu meinem Vater umwandte und sagte: *Das macht er doch mit Absicht.* Da mir sofort die Röte ins Gesicht schoss, senkte ich meinen Kopf schräg ab, weshalb ich auch nur aus den Augenwinkeln mitbekam, wie mein Vater die Schultern zuckte und sagte: *Warum sollte er das tun?*, und selbst mit dieser Frage hatte er doch eigentlich vollkommen recht.

Wie wir in unserem ersten Dorf, so hatten auch einige Freunde meiner Eltern in ihren Dörfern sehr viel mehr Kontakt zu den dortigen Einheimischen, die sich den Fremden gegenüber wesentlich aufgeschlossener zeigten als zum Beispiel die Menschen in unserem Dorf uns gegenüber, und da es deshalb in diesen Dörfern sehr viel geselliger, lockerer und lustiger zuging, verbrachten auch wir den Abend vor Ostersonntag meist an einem Osterfeuer dieser etwas entfernteren Dörfer. Dabei gab es natürlich auch in unserem Dorf ein Osterfeuer, und wie jedes andere Dorf versuchte auch unser Dorf, mit seinem Osterfeuer die anderen Dörfer an Größe, Höhe und Strahlkraft zu überbieten, und weil es hier überall so war, dass jedes Dorf ganz verrückt mit seinem Osterfeuer war, gehörte es auch zur Tradition, dass diese Osterfeuer in der Nacht, bevor sie entzündet wurden, bewacht werden mussten, da es immer wieder vorkam, dass Teenager oder junge Erwachsene aus benachbarten Dörfern versuchten, die gegnerischen Osterfeuer schon vorab zu entzünden, und wie jedes Jahr hoffte man, dass dabei niemand zu Schaden kam, denn es war noch gar nicht so lange her, dass an diesem Vorabend in irgendeinem der hiesigen Dörfer drei junge Männer, die es sich in ihrem Feuerholzstapel wie in einem Nest mit einer oder auch zwei Flaschen Schnaps bequem gemacht hatten, verbrannt waren. Dieses Jahr jedoch schien zum Glück dergleichen nirgends geschehen zu sein, denn das hätte sich spätestens bis zum Osterfeuerabend herumgesprochen, und es war ja auch ein tolles Feuer gewesen, und nicht nur meine Klamotten, sondern auch meine Haare, die sich hart und trocken anfühlten, rochen noch danach, und wenn ich nach unten sah, stand die Gummisohle meiner Schuhe leicht über, weil sie anscheinend geschmolzen war, und dann hatte das Ganze auch deshalb so einen Spaß gemacht, weil wir in dem Dorf gewesen waren, aus dem auch mein Klassenkamerad kam, und wie die Löwen waren wir über brennende Stöcke gesprungen und hatten unsere Fackeln gegeneinandergeschlagen, und dann waren wir auch näher als irgendjemand sonst an das Feuer herangetreten. In der Dunkelheit hatte dort eine Flasche Apfelkorn gestanden, und wir hatten beide einen Schluck genommen, aber ich hatte davon genauso wenig gemerkt wie von der Zigarette, die wir uns hinter einem Baum geteilt hatten, und wie er musste auch ich immer wieder über meine komische Großmutter aus Hamburg lachen, die unentwegt rief: *Huch, ist das heiß! Huch, ist das heiß!*, und obwohl mir die Stirn sogar noch auf der Rückfahrt glühte, war ihr, als das Feuer fast abgebrannt war, plötzlich wieder zu kalt gewesen, und als ich an diesem Morgen nach dem Frühstück endlich nach draußen durfte, um die Schokoladeneier zu suchen, die meine Mutter dort verteilt hatte, war ich ganz erstaunt, welche neuen Verstecke sie sich ausgedacht haben musste, denn dort, wo ich sonst immer todsicher etwas fand, war diesmal nichts, und als ich auch nach einigen Minuten noch kein einziges Osterei gefunden hatte, zeigte sich selbst meine Mutter irritiert, denn eigentlich war sie sich ganz sicher, zum Beispiel etwas hinter diesen Stein gelegt zu haben, und als sie jetzt fragend zu meinem Vater hinsah, da zeigte der mit einem Lächeln auf die Englische Bulldogge, die an diesem Morgen bisher keiner von uns im Auge gehabt hatte, und da der Hund sich, wie von einer inneren Kraft erfasst, mit blähenden Lefzen hin- und herwiegte, versammelten wir uns um ihn. Wie erlöst erbrach er sich jetzt in einem riesigen braunen Schwall, aus dem es überall golden und silbern hervorschimmerte, und während nun die Boxerhündin zu ihm hintrottete, um daran herumzuschlecken, stand er nur völlig erschöpft mit hängendem Kopf davor, und obwohl ich zumindest einen Teil der Süßigkeiten gern für mich gehabt hätte, war das alles so komisch, dass man gar nicht aufhören konnte zu lachen. Eigentlich musste man dem Hund sogar dankbar dafür sein, diesen ganzen Mist, den meine Mutter jetzt mit einem Gartenschlauch über den Boden wegspritzte, nicht selbst in sich hineingestopft zu haben, und als wir dann später am Gartentisch saßen, machte sich mein Vater einen Spaß daraus, alle paar Minuten den Namen des Hundes zu rufen, und während das Tier mit einem zugleich elenden wie beschämten Ausdruck zu ihm zurücksah, blies mein Vater seine Wangen auf, und inmitten dieser wiederkehrenden Belustigung rief meine Großmutter lauthals: *Igitt!*, und dann griff sie sich auf den Kopf, und mit einem unbeschreiblichen Ausdruck des Ekels besah sie sich an ihren manikürten Fingern, was der Vogel von dort oben auf ihrem schütteren Haar hinterlassen hatte, und natürlich war auch das lustig, aber es war nicht so lustig wie das andere, und deshalb musste ich mich dann auch, bis ich mich wieder beruhigt und eingekriegt hatte, vom Tisch fernhalten.

Toll war auch, plötzlich zu wissen, was ich meinem Vater zum Geburtstag schenken könnte. Ich hatte sogar ganz viele Ideen, die alle gleichzeitig in meinem Kopf herumtanzten, und obwohl ich das Buch vor mir schon eine ganze Weile aufgeschlagen hatte, gelang es mir nicht, zu lesen, und im Vergleich zu meinen Ideen war das, was da stand, sowieso langweilig, und dass der Tag eine solche Wendung nehmen könnte, war auch darum nicht vorauszusehen gewesen, weil er ganz normal begonnen hatte.

Auch in der Schule war alles wie immer gewesen, doch dann war der Nachmittag gekommen, und nur weil ich mit einem Mal Lust darauf gehabt hatte, hatte ich mich mit ein paar Zetteln ins Wohnzimmer gesetzt und angefangen, diese Geschichte aufzuschreiben, und als meine Mutter in den Raum kam und fragte, was ich da machen würde, hatte ich geantwortet, dass ich an einer Geschichte arbeitete, und immer wenn sie nach mir sah, schaute ich nur kurz auf, weil ich die Geschichte unbedingt zu Ende bringen wollte. Als ich dann mit der fertigen Geschichte zu ihr in die Küche kam und sie ihr vorlas, musste sie an gleich zwei Stellen richtig lachen, und deshalb würde ich auch nicht nur meinem Vater, sondern auch meiner Mutter zu ihrem Geburtstag eine neue Geschichte schreiben wollen. Ich hatte ja auch gerade so viele Ideen. Wie in einem Regal lagen sie in meinem Kopf herum, und sobald ich nur ein Wort in dem Buch las, kamen gleich noch mehr Ideen hinzu, und als dann mein Vater am Abend mit seinem Künstlerkollegen aus der Werkstatt kam, hatte meine Mutter ihn noch im Flur gefragt: *Rate mal, was dein Sohn heute gemacht hat?*, und da er mit den Schultern zuckte, fügte sie hinzu: *Er hat eine Geschichte geschrieben!*, und als ich die Geschichte dann vorlas und den Künstlerkollegen an genau den gleichen beiden Stellen lachen hörte, an denen auch meine Mutter gelacht hatte, da musste ich plötzlich selbst lachen, und auch mein Vater lächelte und sagte: *Das ist ja wirklich ganz lustig*, und noch später kam auch noch die Frau des Künstlerkollegen, und natürlich wollte auch sie meine Geschichte hören, und als ich sie vorgelesen hatte, sah meine Mutter mit einem Lächeln zu ihr hin und sagte: *Das ist doch eine ulkige Geschichte*, und die Frau des Künstlerkollegen sagte, dass es eine tolle Geschichte sei, und während sich die anderen wieder über andere Dinge unterhielten, sah sie immer wieder in meine Richtung, und dann fragte sie mich, wie ich darauf gekommen sei, und ich sagte, weil ich einfach Lust darauf gehabt hätte, und sie sagte, dass ich, wenn ich noch mehr solche Geschichten schreiben würde, diese unbedingt sammeln müsse, und als ich dann ins Bett sollte, da erhob sie sich sogar von ihrem Stuhl, um sich bei mir für die schöne Geschichte zu bedanken, und obwohl es jetzt schon ziemlich spät war, war ich trotzdem noch gar nicht müde, denn wenn ein Einfall vorbeigehuscht war, kam gleich der nächste. Schon jetzt hatte ich fast ein ganzes Buch nur mit Geburtstagsgeschichten beisammen, die ich bloß noch aufschreiben musste, und es gab ja zum Glück auch noch meine Großmutter, Tante Käthe und die Omi. Die beste Idee aber würde natürlich mein Vater bekommen, und das war die von dem Dinosaurier, der seinen langen Hals alle vier Stunden nach unten beugte, weil er seit Jahren statt frischem Wasser nur sein eigenes Pipi trank und davon schon ganz gelbe Zähne hatte und auch keine Frau fand, weil er so aus dem Mund stank, und vielleicht konnte die Geschichte ja sogar in einem Land stattfinden, in dem alle ihr eigenes Pipi tranken und deshalb auch niemand eine Frau fand und alle mit gelben Zähnen herumliefen und keiner vom anderen angesprochen werden wollte, weil sie alle aus dem Mund stanken.

Vielleicht war es einfach so, dass ich mich vorab zu sehr auf die Omi gefreut hatte, und wie im letzten Jahr hatte sie mir auch in diesem von den dreißig Mark Begrüßungsgeld, die sie bekommen hatte, gleich am ersten Tag wieder fünfzehn Mark geschenkt, und natürlich trug auch das dazu bei, dass ich mich für meine Gleichgültigkeit schämte, die ich, je länger sie jetzt bei uns war, desto mehr ihr gegenüber empfand, und obwohl es mir jedes Mal so vorkam, als beginge ich gerade einen gemeinen Verrat, waren die lustigsten Momente in den vergangenen Tagen immer die gewesen, wenn mein Vater, sobald er sie außer Sicht- und Hörweite wähnte, die Mundwinkel nach unten zog und ihren sächsischen Akzent nachahmte. Dann war ich es sogar, der darüber am lautesten lachte, und oben in meinem Zimmer, den Kopf in der Ecke versteckt und leise vor mich hin murmelnd, hatte ich heute wieder versucht, diese Nachahmung meines Vaters selbst nachzumachen, und ein bisschen war ich auch enttäuscht davon, wie sie auf meine beiden Geschichten reagierte, die ich ihr vor ein paar Tagen vorgelesen hatte, denn so, als wären sie einfach an ihr vorübergezogen, hatte sie auf diese Geschichten auf die gleiche Weise reagiert wie auf mein Lieblingslied, das ich ihr vorgespielt hatte und das sich auf der Schallplatte befand, die ich mir von den fünfzehn Mark gekauft hatte, denn auch dieses Lied war einfach an ihr vorübergezogen, und wie am Ende der Geschichten hatte sie auch am Ende des Liedes mit diesem immer gleichen Lächeln gesagt: *Schön, mein Gutster*, und vorhin in dieser größeren Runde, in der wir beide wie so oft in diesen Sommernächten still nebeneinander am Rand der Bank gesessen hatten, war es doch wirklich spannend gewesen, was dort alles erzählt wurde, und es waren ja auch nicht mehr nur die Wörter allein, die ich dort mit meinen Ohren aufnahm, sondern auch das, was sie erzählten, und das war auch der Grund, weshalb ich jetzt nicht mehr nur dann zuhörte, wenn es laut wurde, sondern auch dann, wenn ruhig und leise gesprochen wurde. Am besten aber war es immer noch, wenn es lustig wurde, nur lachte ich jetzt, anders als früher, nicht mehr nur einfach mit, sondern ich lachte über das, was gerade gesagt worden war, und das war auch heute wieder so gewesen, und auch heute hatte ich dann plötzlich die Hand der Omi wieder in der meinen, und als ich mich dann zu ihr umsah, zu diesen gutmütigen Augen und diesem Zug um den Mund, der allein meine Fröhlichkeit bestätigen wollte, da war ich, nachdem sie endlich: *Ach, mein Gutster*, gesagt hatte, beinahe froh, dass sie meine Hand nun wieder losließ.

Es gab die wichtigen und die weniger wichtigen Menschen, und zu den wichtigen Menschen zählten die Schriftsteller, aber so wie auch in der Künstlergruppe meines Vaters nicht alle gleich waren, so gab es auch unter den Schriftstellern wichtigere und weniger wichtige, und für einen Künstler wiederum musste es gar nicht von Nachteil sein, wenn er nicht allzu klug war, denn das, was man wie nebenbei und mehr oder weniger aus Versehen machte, war oft viel besser als das, was mit Absicht geschah, und auch wenn die Journalisten zum Beispiel viel mehr als die Schriftsteller verdienten, so waren sie trotzdem neidisch auf das, was die Schriftsteller taten, und natürlich gab es auch unter den Journalisten die wichtigeren und die weniger wichtigen, und dann gab es ja auch noch Ärzte und Anwälte, und Lektoren waren Menschen, die die Bücher der Schriftsteller verbesserten, und wer es zum Beispiel bis zu seinem dreißigsten Lebensjahr als Künstler oder Schriftsteller noch immer nicht geschafft hatte, der würde es auch in Zukunft schwer haben, und so wie die Schriftsteller über den Journalisten standen, so standen die Galeristen über den Sammlern, unter denen es wiederum auch die wichtigeren und die weniger wichtigen gab, aber auch die lustigeren und die weniger lustigen, und die Schauspieler zum Beispiel überhaupt zu den Künstlern zu zählen, war an sich schon ein Fehler, weil von einem solchen Leben am Ende gar nichts übrig blieb, und dann gab es ja auch noch die Lehrer, die Handwerker und die Bauern und alle Sonstigen, und am Ende gab es noch unsere Nachbarn, und wenn ich zum Beispiel an den Rand unseres Grundstücks trat, begannen dahinter die Felder, und dann kam ein kleines Wäldchen, und dahinter ging es wieder mit Feldern weiter, die dann irgendwann bis an den Deich heranreichten, und unter dem Deich lag der Fluss, und dahinter ging es nicht mehr weiter, denn etwas Neues begann oder endete dort.

Was derzeit von der zweiten Generation an grauenhaften Taten verübt wurde, war in den Augen meiner Eltern völlig gewissenlos und furchtbar, und trotzdem war es in dieser aufgeheizten Stimmung, die allerorten herrschte, ratsam, in der Schule oder auch im Bus besser nichts davon zu erzählen, was bei uns zu Hause zu diesen Ereignissen gesprochen wurde, denn weil wir nicht bei allen beliebt waren und einige sogar ein tief sitzendes Misstrauen uns gegenüber empfanden, gab es hier nicht wenige Menschen, die für jeden Satz, den sie in den falschen Hals bekommen konnten, dankbar waren, und diese Menschen, die sich natürlich nicht zeigten, waren es auch, die dieses gemeine Gerücht in die Welt gesetzt hatten, dem zufolge meine Eltern mich an dem Morgen, an dem die führenden Köpfe der Baader-Meinhof-Bande tot in ihren Zellen aufgefunden worden waren, aus Trauer um diese mörderischen Verbrecher ganz in Schwarz in die Schule geschickt haben sollten. Dabei trug ich zwar einen schwarzen Pullover, aber weder eine schwarze Jacke noch eine schwarze Hose, und diese heimliche Enttäuschung, die ich dann doch über den Ausgang dieses einsamen Kampfes der Terroristen empfunden hatte, war auch schon wieder verflogen, und vielleicht hatte ich von diesem gemeinen Gerücht, das vor ein paar Tagen in der Stadt an meine

Eltern herangetragen worden war, auch deshalb nichts mitbekommen, weil es in meiner Klasse mit Beginn des neuen Schuljahrs und eigentlich sogar schon ein bisschen davor sehr viel besser geworden war, und wenn meine Mitschüler nach dem Unterricht zum Bäcker stürmten, um sich ein Matschbrötchen zu kaufen, stürmte ich jetzt mit, und besser als ein aufgeschnittenes Brötchen mit Schokokuss war tatsächlich nur ein aufgeschnittenes Brötchen mit zwei Schokoküssen, auch wenn es dann fast zu süß schmeckte.

Ich hatte wieder eine Zwei bekommen, und als ich jetzt mit dieser Note nach Hause kam, freute sich meine Mutter darüber ebenso wie ich, und deshalb drehte sie jetzt auch bei diesem Song das Radio lauter, und während sie weiter kochte, tanzten wir in der Küche fröhlich vor uns hin, und als ich dann noch Kermit den Frosch nachahmte, lachte sie laut auf. Dass im Leben nicht immer alles geradlinig verlief, sondern sich in Schleifen abspielte, schien ja auch tatsächlich so zu sein, denn bei meiner Geburt zum Beispiel war ich so hässlich gewesen, dass man einen richtigen Schreck vor mir bekommen konnte, und überhaupt war diese ganze Geburt ein nicht endendes Martyrium gewesen, und dies lag daran, dass ich verkehrt herum in ihr steckte, und obwohl sie immer wieder gedacht hatte, jetzt müsste sie sterben, hatte ihr von diesen scheiß Ärzten und Krankenschwestern niemand helfen wollen, und als ich dann endlich mit dem Po voraus das Licht der Welt erblickte, war ich von dieser viehischen Anstrengung so verformt, dass sich das eine Auge unten und das andere oben in meinem Gesicht befand, und wie viel Zeit tatsächlich vergangen war, konnte meine Mutter auch daran sehen, dass die Blumen, die mein Vater ihr ins Krankenhaus gebracht hatte, bereits traurig ihre Köpfe hängen ließen, und als sie dann mit mir aus dem Krankenhaus kam und mich im Kinderwagen durch die Straßen schob, da war es ihr in der ersten Zeit immerzu peinlich gewesen, wenn mich jemand hatte sehen wollen. Später aber war ich dann doch ziemlich schnell und fast so, als ob man mir dabei zugucken könnte, sehr viel niedlicher geworden, und dann, mit etwa zwei Jahren, war ich mit einem Mal so hübsch gewesen, dass alle, die uns sahen, sich erstaunt zeigten, wie man nur ein so schönes Kind bekommen konnte.

Am Wochenende fuhren wir oft in irgendwelche Scheunen, in denen Auktionen stattfanden, und so wie meine fortschrittlichen Eltern lebten auch ihre fortschrittlichen Freunde inmitten des dort ersteigerten Mobiliars. Ganz gleich, wem von ihnen man einen Besuch abstattete, immer saß man auf alten Stühlen oder Schlachtbänken vor alten Tischen, und während man aus alten, schiefen Gläsern trank, blickte man auf alte Schränke und Truhen, und die Zigaretten wurden überall in alten Zinkschalen ausgedrückt, und so wie bei meinen Eltern war auch bei ihren Freunden oftmals der Fernseher das einzig Heutige, was man in diesen Räumen fand. Bei den Autos angefangen über die Möbel, die Lampen und das Geschirr, war es ja auch so, dass alles immer geschmackloser wurde und meist sogar so hässlich war, dass man gar nicht hinsehen wollte, und gleichzeitig war das auch die Erklärung dafür, warum es den hiesigen Leuten so gut gefiel, denn weil diese hiesigen Leute noch in einer ganz anderen und rückwärtsgewandten Zeit lebten, hatten sie so etwas wie Geschmack noch gar nicht entwickelt. Deshalb erblickten sie in allem Neuen die Schönheit nur im Praktischen und sahen in dem Alten nur das Wertlose, das meinen modernen Eltern und ihren modernen Freunden wiederum aus allem Neuen entgegenschien.

Die Tochter der Fleischereibesitzer, die in meine Klasse ging, hatte auch heute, als ich mit meiner Mutter den Laden betrat, mit ihren Eltern hinter dem Tresen gestanden, und wieder hatten wir einander angelächelt, und aus den Augenwinkeln hatte ich gesehen, dass auch meine Mutter das Mädchen, das dort mit seinen dicken Zöpfen stand, betrachtete, und nachdem meine Klassenkameradin und ich zum Abschied kurz die Hände gehoben hatten, war mir noch auf der Straße, als spürte ich ihren Blick in meinem Rücken, und natürlich war auch das einer der Gründe, weshalb ich jetzt nach der Schule immer gern in die Stadt mitfuhr. Gleichzeitig war es auch schön, diese Zeit nur mit meiner Mutter zu haben, denn weil die Fröhlichkeit, die meine Mutter und mich, zum Beispiel wenn ich aus der Schule kam und bei ihr in der Küche stand, auf eine ganz eigene Weise verband, immer sogleich versiegte, sobald mein Vater hinzukam, konnte sie deshalb erst gar nicht aufkommen, wenn wir etwa zu dritt in die Stadt fuhren. Auch jetzt hatte sich meine Mutter, kaum dass wir aus der Fleischerei getreten waren, sogleich munter bei mir eingehakt. Es warteten ja noch die Bäckerei, der Blumenladen und natürlich die Drogerie auf uns, und obgleich das Mädchen vielleicht ein bisschen zu mollig war, war es trotzdem recht süß, und dass es ein bisschen zu mollig war, lag vermutlich nur daran, dass seine Eltern diese Fleischerei besaßen, und dann war ja nicht nur ich dort angelächelt worden, sondern auch meine Mutter. Nur musste mein Vater davon selbstverständlich nichts wissen. Vor allen Dingen musste er nicht wissen, wie regelmäßig ihr das überall geschah, denn ohnehin hatte es keinerlei Bedeutung. Darum musste er auch nichts von dem Eis wissen, das sie mir noch kaufen würde, und eigentlich interessierte ihn das auch alles gar nicht, und dass sie hin und wieder einen Teil des Wechselgeldes in ihrer eigenen Börse verschwinden ließ, würde er sowieso nicht bemerken, und es war ja auch nur allzu menschlich, dass man sich zwischendurch immer mal wieder selbst belohnen musste, und dann war es auch egal, ob man in Wahrheit genug Lippenstifte besaß oder aus Versehen einen, den man bereits hatte, doppelt kaufte, und da wir jetzt an der großen, blanken Scheibe des Elektroladens vorbeikamen, zog sie mich zu ihr hin, und während wir uns dort auf gleicher Höhe spiegelten und ich eine Grimasse schnitt, besah sie ihren Kopf zuerst von der Seite, bevor sie sich, die Lippen gespitzt, mit den Fingern durch ihren Pony fuhr, und als wir uns nun wieder in das Städtchen umwandten, lag es plötzlich wie eine Bühne vor uns, ein künstliches Geschehen, das nur für uns hier gerade stattfand. Deshalb diente auch von diesem Augenblick an alles ausschließlich unserer Erheiterung, und in dieser Albernheit, die nach nichts verlangte, blieben wir gefangen, bis wir wieder auf das Grundstück rollten.

Schon länger hatte ich keine Geschichte mehr geschrieben, und zu seinem Geburtstag, der jetzt einige Tage her war, hatte ich meinem Vater die dickste Zigarre gekauft, die sich im Tabakwarenladen am Markt hatte finden lassen. Obgleich sie zum Glück sehr viel billiger gewesen war, als ich befürchtet hatte, war ich doch ein bisschen enttäuscht darüber, dass er sich an diesem Abend die Zigarre, bis ich schließlich ins Bett musste, inmitten seiner Gäste nicht ein einziges Mal angezündet hatte, und darum war auch das Erste, was ich am nächsten Morgen überprüfte, als ich nach unten kam, ob er sie sich vielleicht doch noch im Laufe der Nacht angesteckt hatte, aber auch da hatte sie weiter unberührt zwischen den anderen Geschenken gelegen. Jetzt befand sie sich in der Schachtel, in die der Tabakhändler sie mir gelegt hatte, in der mittleren Schublade des Sekretärs, und auch die sonstigen Präsente, die mein Vater an diesem Abend in Empfang genommen hatte, waren über das ganze Haus verteilt, und anders als mir, aber auch anders als meiner Mutter, waren meinem Vater Geschenke auch nicht so wichtig, was wiederum daran lag, dass er mit sich selbst schon genug beschenkt war, und weil er sich im Gegensatz zu meiner Mutter und mir ja auch alles leisten konnte, würde es ihm vermutlich nicht einmal auffallen, dass ich dieses eine Buch, das er ebenfalls an diesem Abend bekommen hatte und in dem ich seitdem immerzu blätterte, heute einfach mit in mein Zimmer genommen hatte. Auch jetzt saß ich schon wieder seit einer ganzen Weile auf meinem Bett und besah mir die Bilder, mit denen die danebenstehenden Polizeiberichte vor mehr als hundert Jahren illustriert worden waren: die Mutter, die gerade mit Schwung den Kopf ihres Säuglings an der Kante der Kommode zerschmetterte, den Menschenfresser, der mit Genuss an einem Unterarm nagte, der Mann, der seine gefesselte Frau erbarmungslos durch Fußkitzeln in den Wahnsinn trieb, die vielen Leichen, vor denen mit der tropfenden Axtschneide gebeugt der Bauer stand, der jedem einzelnen Mitglied seiner großen Familie den Kopf gespalten hatte, der Selbstmörder, der sich bis auf die freie Hand, mit der er die Schläge ausgeführt hatte, an ein liegendes Kreuz genagelt hatte. So sehr mich diese alten Drucke aufwühlten, so enttäuschend war es, die dazugehörigen, eintönigen Polizeiberichte zu lesen, und gleichzeitig war es nur gut, dass diese Texte so langweilig waren, denn sonst wäre ich vermutlich gar nicht auf den Gedanken gekommen, zu jedem dieser Bilder eine eigene Geschichte zu schreiben. Schon jetzt merkte ich, was sich da alles in mir zusammenbraute, und ich würde auch gleich anfangen, und die Idee zum Beispiel, dass bei diesen beiden Männern im Zugabteil, die sich gegenseitig mit ihren Messern abgestochen hatten, der eine das eigene Gedärm aufsammelte, das ihm bereits aus dem Leib quoll, um damit den anderen mit letzter Kraft noch zu erwürgen, war doch schon mal hervorragend.

Neben der Atomkraft war es die Frauenfrage, die bei uns viele Gespräche bestimmte. Das war auch in dieser größeren Runde heute wieder der Fall gewesen, und als ich dann mit meiner Mutter den Tisch abräumte, war uns beiden bewusst, dass auch wir für mehr Gleichberechtigung waren. Nur durfte man darüber auch nicht jeden Humor verlieren, und dass zum Beispiel die Frauen der Schriftsteller alle in sicheren Berufen arbeiteten, ging schon deshalb nicht anders, weil die Schriftsteller für gewöhnlich so wenig verdienten, dass sie sich kaum selbst ernähren konnten, und es war ja auch im Allgemeinen nur gut, wenn die Frauen arbeiten gingen, und deshalb war es nichts, wogegen man etwas haben konnte. Wogegen man aber schon etwas haben konnte, war diese sture, unbeugsame und anklagende Vehemenz, mit der einige Frauen der Freunde meiner Eltern jetzt glaubten auftreten zu müssen, und dass meine Mutter, obwohl sie es natürlich könnte, nicht arbeiten ging, hatte seinen schlichten Grund darin, dass sie sich, im Gegensatz zu diesen Frauen, hier um das große Grundstück und das große Haus zu kümmern hatte und dann noch um den ganzen Besuch, den wir ständig bekamen, und selbstverständlich musste sie sich auch noch um meinen Vater und mich kümmern, und da allein dies für eine Person schon mehr als genug war, war es deshalb auch nicht nur falsch, sondern auch gemein, davon auszugehen, dass bei uns ein veraltetes Familienbild herrschte. Und dann war ja meine Mutter auch noch anders als diese Frauen tief in ihrem Inneren ein zufriedener und ausgeglichener Mensch, und sie war auch gar nicht so anspruchsvoll, und weil ihr deshalb gar nicht erst die Idee kam, jemanden bekehren zu müssen, kam sie im Dorf und selbst im Städtchen auch so gut mit den einfachen Leuten zurande, und obwohl sie mit allem, was sie sagte, selbstverständlich vollkommen recht hatte, war es, wie ich jetzt dachte, während ich die Treppe zu meinem Zimmer hinaufstieg, bei allem, was mir für die Zukunft vorschwebte, am Ende vielleicht so, dass auch ich mir eine arbeitende und gut verdienende Frau suchen müsste. Viel spannender aber war die Vorstellung, irgendwann vielleicht nicht mehr hier zu wohnen, sondern an einem eigenen Ort, an dem man aufstehen konnte, wann man wollte, und an dem man sich selbst etwas kochen würde, und natürlich würde ich auch dort weiter an meinem Buch schreiben, und so wie der Schnee dort vor meinem Fenster aus den kältestarren dunkelblauen Wolken rieseln würde, so würden an diesem Ort auch all die Sätze, die es benötigte, aus mir herniederrieseln.

Meine Mutter war eine besonders schöne Frau, und wenn mein Vater vielleicht nicht so ein schöner Mann war und sogar O-Beine hatte, war doch alles an ihm kraftvoll, und er war ja nicht nur ein außerordentlicher Künstler, sondern obendrein auch ein außergewöhnlicher Mensch, und dann hatte ich zudem noch diese besondere Großmutter, und dass mein Vater schielte, gehörte mit zu seinem Markenzeichen, und so wie er sich von allen anderen durch dieses Schielen unterschied, unterschied ich mich von ihnen durch meine Locken, und dann war ich auch der Einzige, den ich kannte, der seine Eltern seit jeher, obwohl sie nie darauf gedrängt hatten, statt mit Mama und Papa mit ihren Vornamen ansprach, und dass ich nicht in einem gewöhnlichen Haus, sondern in einem jahrhundertealten Schlösschen zwischen diesen zahlreichen eigensinnigen Menschen lebte, die hier ein und aus gingen, war auch nichts, was jeder von sich behaupten konnte, und nicht zuletzt schrieb ich neuerdings diese Geschichten, die alles andere als normale Geschichten waren, und diese Geschichte, die ich heute in die alte Schreibmaschine, die mir mein Vater überlassen hatte, getippt hatte, war sogar besonders brutal und blutrünstig geworden.

Ich war jetzt bereits ein bisschen mehr als halb so alt wie meine Mutter, als sie mich mit fünfundzwanzig bekommen hatte, und auch mein Vater zählte bei meiner Ankunft fünfundzwanzig Jahre, und als die Omi meine Mutter bekommen hatte, war sie, genau wie meine Großmutter, als sie meinen Vater gebar, ebenfalls fünfundzwanzig Jahre alt gewesen, und dass zu dieser Zeit überall in Europa Krieg herrschte, konnte man sich von heute aus gar nicht mehr ausmalen. Auch nach dem Krieg war es nicht einfach gewesen, und als meine Mutter ganz allein mit Tante Käthe in den Westen gekommen war, war sie erst drei Jahre älter als ich gewesen, und gegen diese fremde Welt, der sie dort völlig unvorbereitet begegnet war, war dieser Schulwechsel, der mich nach den Sommerferien erwartete, doch eigentlich ein Klacks, und auch wenn ich überhaupt keine Lust hatte, meine jetzige Klasse zu verlassen, und noch weniger Lust, wieder in eine neue Klasse zu müssen, war ich gleichzeitig auch ein bisschen stolz darauf, jetzt doch noch auf das Gymnasium zu kommen. Gerade weil dieser Schritt aufgrund meiner Leistungen, die sich zwar verbessert hatten, einen solchen Wechsel jedoch längst noch nicht rechtfertigten, alles andere als zwingend war, wäre es nur noch blöder, diese Chance, die sich durch die zufällige Bekanntschaft meines Vaters mit dem Kunstlehrer des hiesigen Gymnasiums wie aus dem Nichts aufgetan hatte, ungenutzt verstreichen zu lassen. Häufiger, als ihm lieb war, hatte sich mein Vater nun bereits mit diesem Mann getroffen, und nur aus dem Gedanken heraus, dass dieser Mensch, der obendrein ein richtiger Nervbolzen war, die Kraft und die Möglichkeiten haben könnte, mich auf das Gymnasium zu hieven, war mein Vater über seinen eigenen Schatten gesprungen und hatte ihm, obwohl natürlich weder das eine noch das andere stimmte, das Gefühl gegeben, sowohl von Kollege zu Kollege wie auch auf Augenhöhe mit ihm zu sprechen. Wie klug und vorausschauend mein Vater da mit allem vorgegangen war, zeigte jetzt ja allein das Ergebnis, und dass ich die siebte Klasse, die ich doch gerade beendete, auf dem Gymnasium noch einmal wiederholen müsste, hatte auch nichts von Sitzenbleiben an sich, sondern es verband sich dadurch für mich die Hoffnung auf einen noch besseren Start.

Da es außer mir niemanden gab, der sie sich angesteckt haben konnte, war es vermutlich nicht sehr klug gewesen, die Zigarre so angeraucht, wie sie jetzt war, zurück in ihre Schachtel in den Sekretär zu legen. Andererseits würde meine Mutter bestimmt denken, dass es mein Vater war, der sie sich dann doch mal eines Abends vorgenommen hatte, und vielleicht würde das sogar mein Vater denken, und da es dann doch nicht so besonders gewesen war, an dieser Zigarre zu ziehen, würde er sich hoffentlich nicht einmal groß darüber wundern, dass er sich gar nicht mehr daran erinnern konnte. Es war ja auch schon ein paar Monate her, dass die Zigarre dort in der Schublade des Sekretärs verschwunden war, und in dieser ganzen Zeit war ich der Einzige gewesen, der immer mal wieder nach ihr gesehen hatte, und obwohl mein Freund, wie er erzählte, schon ziemlich viel Erfahrung mit dem Rauchen hatte, war ihm von dieser Zigarre noch schlechter geworden als mir, und dort, hinter dem Haus, hatte er sich für eine Weile hinlegen müssen, und erst nachdem wir dann in den See gesprungen waren, wurde er wieder fit, und vielleicht würde er mich morgen dann auch gleich wieder besuchen, aber sicher war das nicht, weil er, wie früher seine Mutter, jetzt seinen Vater nur noch selten sah. Wahrscheinlich sah er seinen Vater jetzt sogar noch seltener als früher seine Mutter. Kurz nachdem er nach Hamburg zu seiner Mutter gekommen war, war auch sein Vater aus dem Dorf auf der anderen Seeseite fortgezogen, und wenn er zwar noch in dieser Gegend lebte, so war es trotzdem von dort eine ziemliche Kurverei bis zu uns, und die Entscheidung, mich einfach so und ohne Bescheid zu geben, zu besuchen, war ja auch ganz spontan gewesen. Deshalb war es auch so eine riesige Überraschung, als er hier am späten Vormittag mit einem Grinsen im Gesicht aus dem Auto gestiegen war. Sofort war die Boxerhündin freudig an ihm hochgesprungen, und obwohl sie bereits aus recht trüben Augen vor sich hin blickte, hatte auch die Bulldogge ihn erkannt, und die Nachbarin war aus ihrem Haus geeilt, um ihn in die Arme zu schließen, und es war ja auch erstaunlich, wie gut er aussah, und wie lange er nicht mehr hier gewesen war, ließ sich daran erkennen, dass er die Omi, die hier wie jeden Sommer wieder ein paar Wochen verbrachte, noch nicht kannte, und meine Mutter hatte sogleich ganz viele Fragen an ihn, und wir mussten uns nebeneinanderstellen, und obwohl ich eigentlich viel gewachsen war, war er immer noch ein bisschen größer als ich, und dass er nach den Ferien so wie ich wieder in die siebte Klasse gehen würde, lag auch bei ihm nicht daran, dass er sitzen geblieben war, sondern er hatte sich freiwillig zurückstufen lassen, was auch vernünftig war, weil es am Ende auf ein Jahr mehr oder weniger überhaupt nicht ankam. Als wir dann schließlich in mein Zimmer hinaufstiegen, da war, auch wenn das Zimmer plötzlich kleiner wirkte und selbst der Teppich, auf dem wir uns schon so oft gegenübergesessen hatten, geschrumpft zu sein schien, am Anfang alles wie früher, und natürlich hatte ich eine Schallplatte von den Beatles aufgelegt, die sich auch jetzt noch immer auf dem Plattenteller befand, und auch die Mikado-Stäbchen, die ich erst am nächsten Tag wegräumen würde, hatten wir wie Kinder überall im Raum verstreut. Dabei hatten wir wie Erwachsene gespielt, weil es nämlich ganz egal war, wer gewann oder verlor, und während wir mit den Fingerspitzen die Stäbchen hoben, erzählte er von einem Mädchen. Er hatte auch bereits geküsst, und obgleich ich noch nicht geküsst hatte, machte nicht nur er schon an sich rum, und als er dann dieses Kartenspiel aus seiner Hosentasche zog und ich das Deckblatt sah, da schoss mir sogleich das Blut in den Kopf, und damit wir das ankündigende Knarren der Holzdielen hier oben, weil zum Beispiel die Omi einfach nur mal nach uns sehen wollte, bloß nicht überhören würden, stellte ich die Musik auf fast lautlos. Auch jetzt im

Bett hatte ich noch all die Bilder vor mir, und in diesem Kartenspiel hatte ja auch wirklich alles zusammengefunden, heiße Schlitten und tolle Kurven, und neben den vielen Brüsten und Popos, die da auf und neben den Sportwagen posierten, war es vor allem dieser etwas verlegene Blick dieses sommersprossigen Gesichts, der mich auch jetzt wieder tief durchdrang, und obwohl dieser Fleck auf der Unterseite meiner Bettdecke gerade erst zu erstarren begann, war ich bereits wieder ganz aufgeregt. Ich wollte es ja auch mal so wie er probieren, denn vorhin, als wir beide einen Stapel dieser Karten in der Hand gehalten hatten, da hatte er dann, so, als wäre er allein und ganz in sich vertieft, seine Hose geöffnet, und so wie seiner ragte dann auch meiner aus der Unterhose hervor, und so wie ich es auch sonst seit Kurzem tat, eigentlich mehr so, als gälte es, in dunkler, kalter Wildnis mit einem Stöckchen ein Feuer zu entfachen, begann ich, den Blick auf die Karten gerichtet, mein Ding heftig und hitzig zwischen den Händen zu reiben, während er, wie ich auch aus den Augenwinkeln sah, seines nur mit einer Hand umschlossen hielt, die sich fast sanft auf und nieder bewegte, und da er nun auch kurz zu mir hinsah, sagte er, dass ich es doch auch mal auf seine Art probieren solle, nur war es da schon zu spät, und dann sagte er, dass seine Art auch viel mehr der Natur entspräche, und auch wenn ich darüber noch nie nachgedacht hatte, leuchtete es mir ein, und nachdem wir dann beide unsere Hosen wieder hochgezogen hatten, war es irgendwie komisch, jetzt weiter in dem Zimmer zu sein. Weil er auch gern all die anderen Räume wiedersehen wollte, streiften wir durch das Haus, aber auch da hatte sich nichts verändert, und bevor wir uns dann hinter dem Haus die Zigarre anzündeten, zeigte er mir an ihr noch mal, wie er es meinte, und dann war er schon nach ein paar Zügen regelrecht grün geworden, und als wir wieder aus dem See stiegen, war er es, der meine Mutter ablenkte, damit ich die Zigarre an ihren Platz zurückbringen konnte, und dann gingen wir doch noch mal in mein Zimmer, und die zwei Geschichten, die ich ihm dort vorlas, fand er beide genauso gut, und wie bei der einen, merkte man auch bei der anderen, dass ich ganz nach meinem Vater kam, und als dann nur wenig später sein Vater vorfuhr, um ihn abzuholen, da spiegelte sich die Freude, nun wieder beisammen zu sein, von dem einen Gesicht in das andere, und auch wenn er noch eine Weile aus der Seitenscheibe zu mir hin winkte, war mir da schon bewusst, dass es falsch wäre, morgen auf ihn zu warten.

Heute wollten wir uns bei K. treffen, und das war das erste Mal, dass ich mit meinen neuen Freunden am Nachmittag verabredet war. Da K. jedoch noch nicht wusste, ob seine Eltern das auch erlaubten, bestand der Plan darin, dass er, sobald er mit ihnen gesprochen hatte, L. anrufen würde und wir anderen drei dann wiederum bei L. durchklingeln sollten, um zu erfragen, ob es klappte. Kaum dass ich zu Hause war, noch vor dem Mittagessen, hatte ich mich im Wohnzimmer an den kleinen Telefontisch gesetzt, und bevor ich den Hörer in die Hand nahm, hatte ich zuerst tief durchgeatmet und mich mehrfach geräuspert, und weil mir meine Stimme von innen her wie abgeschnürt erschien, hatte ich ihn dann doch erst mal wieder auf die Gabel zurückgelegt. Außer um mich entweder bei meiner Großmutter oder bei Tante Käthe für dieses oder jenes zu bedanken, hatte ich ja auch seit Ewigkeiten mit niemandem telefoniert, und ob ich zum Beispiel früher hin und wieder mit meinem Freund telefoniert hatte, hätte ich gar nicht zu sagen gewusst, und dann durfte ich auch auf keinen Fall die Vorwahl mitwählen, da der Anruf sonst, weil L. nämlich die gleiche hatte, womöglich direkt ins Nichts gegangen wäre, und als ich dann, immer mit einem Zögern dazwischen, so, als ginge es jedes Mal darum, zuerst eine Überlegung abzuschließen, meinem zittrigen Zeigefinger dabei zusah, wie er vier Mal hintereinander die Wählscheibe bis zum Anschlag drehte, hatten währenddessen wieder all die Zweifel in mir getobt, mit denen ich, sobald ich allein war und zu viel Zeit zum Nachdenken hatte, unentwegt und heute auch schon während der gesamten Busfahrt zurück zu kämpfen hatte, diese Angst, dass mein Vertrauen in meine neuen Freunde und dieser Stolz, den ich darüber empfand, sie endlich gefunden zu haben, allein auf meiner Einbildung beruhte und dass es in Wahrheit nichts weiter als ein Spiel war, das sie da mit mir trieben, und als dann statt L. seine Mutter ans Telefon gegangen war und gesagt hatte, dass L. gerade draußen sei, da schien mir das, nachdem ich wieder aufgelegt hatte, wie eine Bestätigung all dieser Befürchtungen, und es war ja auch tatsächlich völlig hirnrissig von mir, geglaubt zu haben, dass es so einfach sei, dass sie mich wirklich heute dabeihaben wollten, und als ich dann vor meinem Mittagessen saß, da war es, als wäre die Gabel im Kartoffelbrei wie einbetoniert, und ich hatte auch überhaupt keinen Hunger und konnte auch nicht sprechen, und wieder schwirrten mir all die kleinen Gesten im Kopf herum, die mir immer erst im Nachhinein auffielen, dieser Blick, den K. heute L. zugeworfen hatte, als ich in der Pause etwas gesagt hatte, und an dem ich doch schon hätte erkennen können, was los war, und am Ende war das Ganze ja auch vielleicht eine gute Lehre, einfach vorsichtiger zu sein und sich nicht jedem sofort an den Hals zu schmeißen, und deswegen hatte es jetzt auch keinerlei Bedeutung, dass nun das Telefon im Wohnzimmer klingelte, und meine Mutter war ja auch schon unterwegs, und als sie dann postwendend wiederkam und auf halbem Wege sagte: *Es ist für dich*, da merkte ich erst, dass ich bereits vom Esstisch aufgesprungen war, und weil L. am Telefon ebenso munter war wie sonst, konnte ich gar nicht anders, als sofort loszulachen, und es gab ja auch für heute grünes Licht, und als ich wieder am Tisch saß, hatte ich jetzt aus ganz anderen Gründen keinen Hunger mehr, und obwohl ich mich viel lieber auf mein Fahrrad geschwungen hätte und sofort losgeradelt wäre, bestand meine Mutter darauf, mich zu bringen und auch wieder abzuholen, und so wie es hier bei uns die interessanten und die weniger interessanten Menschen gab, so war das jetzt auch in meiner neuen Klasse, und von den drei Realschülern, die mit mir auf das Gymnasium gewechselt waren, war ich der Einzige, der interessant war, und ich lief ja auch nicht so normal rum wie sie, und auch L. und K. liefen nicht so normal rum, und wenn G. zwar so normal rumlief, so war er trotzdem total lustig, und dann würde ja heute noch O. dazukommen, den ich zwar nicht ganz so gut fand, aber auch noch ziemlich gut, und der zwar ebenfalls ziemlich normal rumlief, aber auch ziemlich lustig war, und weil er einfach die Meinung seiner Eltern übernommen hatte und deshalb auch als Einziger von uns für Atomkraft war, stritten wir anderen auch häufig mit ihm, und erst vor ein paar Tagen hatte L. ihn gefragt, ob er wirklich wolle, dass auf der Erde irgendwann alles tot sei, und dann hatte er zu mir geblickt, und mit einer spontanen Bewegung hatte ich alles von der Schulbank, vor der wir standen, gefegt und gesagt: *Guck nur! So leer ist es dann überall*, und K. hatte gerufen: *Genau!*, und auch jetzt wieder, während ich hier mit meiner Mutter und meinem Vater am Tisch sitzen musste, schien es mir noch immer unfassbar, wie geil das in diesem Moment von mir gewesen war, und wie in Zeitlupe sah ich wieder das Butterbrotpapier, das leere Trinkpäckchen und die Federtasche von der Bank fliegen.

Wie schon in den Nächten davor war auch jetzt wieder dieses Wort weg. Was hieß denn verdammt noch mal *beschreiben* auf Englisch, und während ich mich zwang, ruhig zu atmen, sah ich wieder diese Rechnung vor mir, und das Ergebnis war 18,6, und auch L. und K. hatten dieses Ergebnis gehabt, und als wir uns nach der Arbeit darüber unterhalten hatten, war ich für den Moment ganz erleichtert und guter Dinge gewesen. Aber was hieß das schon? Und auch dass K. die Arbeit ziemlich einfach gefunden hatte, bedeutete nichts. Es konnte doch trotzdem sein, dass wir uns alle drei verrechnet hatten, und da ich mir nun meine Arbeit erneut ins Gedächtnis rief, da schien es mir zudem wie ausgemacht, dass ich das Komma vergessen hatte und in der doppelt unterstrichenen Zeile, die vielleicht gerade in diesem Moment dem Lehrer an seinem Schreibtisch ins Auge sprang, nicht 18,6, sondern 186 stand, und dann war ich mir gerade bei diesem Lehrer auch gar nicht sicher, ob er mich mochte. Deshalb sah es für ihn vielleicht auch so aus, als wenn ich das Ergebnis nicht unterstrichen, sondern einfach wieder durchgestrichen hätte, und viel wichtiger als das Ergebnis war ohnehin der Weg, wie man dort hingekommen war, und dieser Weg war mir gerade selbst ein Rätsel, und dann war das ja auch nur eine Aufgabe von dreien gewesen, und um überhaupt die Chance zu haben, auf dem Gymnasium bleiben zu können, musste ich mindestens anderthalb davon einigermaßen gelöst haben, und natürlich hieß *beschreiben to describe*, und *picture* hieß *Bild*, *and the man went with his dog through the rain and the man was dry and the dog was wet and that was because the man had an umbrella*, und dass ich mir die Vokabelliste nicht nur abends im Bett noch einmal angesehen hatte, sondern auch morgens im Bus, war richtig gut von mir gewesen, denn *umbrella* hatte da ganz unten gestanden, und L. zum Beispiel hatte sich diese Vokabelliste gar nicht angesehen. Er nahm das ja auch alles nicht so wichtig, und auch ich würde das alles gar nicht so wichtig nehmen, wenn ich nicht diese blöde Probezeit hätte, und deshalb kam es bei mir jetzt auch auf jeden Buchstaben und auf jede Zahl an, und weil die mündliche Beteiligung ebenfalls zählte, strengte ich mich auch dort an, und jetzt, wo die Arbeiten geschrieben waren, konnte man sowieso nichts mehr machen, und obwohl zumindest der Mathematiklehrer versprochen hatte, uns die Arbeit noch vor den Herbstferien zurückzugeben, hatte er das nicht getan, und insgesamt war ich ja auch recht zuversichtlich, und wenn das am Ende alles nichts werden würde, dann war es halt so, und ich hatte es wenigstens probiert, und irgendeine Lösung fand sich schließlich immer. Nur war es, falls ich jetzt scheiterte, alles andere als sicher, dass ich wieder zurück auf die Realschule gehen könnte, und auch deswegen war es so wichtig, dass vielleicht eine dieser beiden Arbeiten nicht völlig in die Hose gegangen war und dass ich dieses scheiß Komma gesetzt hatte und nicht im Gefühl der Sicherheit statt 18,6 einfach 186 geschrieben hatte, und wie wenig Verlass auf mich war, konnte ja sogar der letzte Blödmann daran erkennen, dass mir erneut entfallen war, was *beschreiben* eigentlich auf Englisch hieß. Wie ein Idiot glotzte ich deshalb in diesem leeren Hotelzimmer schon wieder vor mich hin. Ich konnte dieses verfluchte Wort hier ja auch nirgends nachschlagen, und wenn ich es dann übermorgen zu Hause wieder nachschlagen konnte, würde ich es trotzdem sofort wieder vergessen, und vielleicht war das auch nicht so schlimm, weil das Leben ja von vielem abhing, aber bestimmt nicht davon, was *beschreiben* auf Englisch hieß. Diese Reise mit meinem Vater sollte ja auch dazu dienen, mich aufzulockern, und außer diesen Gedanken war das bisher eine tolle Reise, und Wien war eine schöne Stadt, und wenn ich nicht woanders hinging, würde ich später vielleicht hierhin gehen, und wenn ich Glück hatte, würde L. mich sogar begleiten, weil der nämlich später auch woanders hinwollte, und K. hatte schon gesagt, dass er nach der Schule auf jeden Fall nach Hannover gehen wolle, und das war bestimmt auch eine interessante Stadt, und vielleicht konnten wir ja auch alle drei nach Hannover gehen, und die Siamesische Katze, die er sich dort unbedingt holen wollte, würden wir uns zu dritt anschaffen, und was K. auch sehr mochte, waren japanische Autos, und seinen Führerschein wollte er schon mit siebzehneinhalb anfangen, und dann wollten wir eine große Reise unternehmen. Auch deshalb musste ich es unbedingt schaffen, in der Klasse zu bleiben, und wenn das bis dahin mit uns so weiterging, würde dann auch M. mitkommen. Am Abend nach der Party war ich, obwohl ich mich vorher auf die

Reise gefreut hatte, fast traurig, von zu Hause fortzumüssen, und es war ja auch die Idee meiner Mutter gewesen, dass mein Vater und ich diese Reise zu zweit unternehmen sollten, und außer M. waren ja auch noch drei andere Mädchen zu dieser Party gekommen, die wir gemeinsam bei G. organisiert hatten, und auch wenn ich mir am Anfang nicht sicher war, ob es nicht doch meine Füße waren, die so rochen, waren es nicht meine Füße, und dass die Füße überhaupt rochen, war ja auch neu, oder ich hatte bisher einfach nicht darauf geachtet. Aber zum Glück wusste ich es bereits seit einiger Zeit, und deshalb hatte ich auch die Strümpfe vor der Party noch mal gewechselt, und der Geruch war ja auch eigentlich immer aus derselben Ecke gekommen, und überhaupt Engtanz zu machen, hatten sich nur einige von uns getraut, und als ich dann mit L. kurz in der Küche war, hatte er gesagt, dass M. nur mit mir die Augen dabei schließen würde, und als dann ihr Vater unten an der Tür stand, sahen wir uns zum Abschied lange an, und wenn in diesem Moment nicht schon wieder das Licht im ganzen Zimmer gebrannt hätte, hätte ich sie bestimmt geküsst. Immerzu schwebte seitdem ihr Gesicht um mich herum, und darum war es auch nicht so schlimm, dass mein Vater und ich am nächsten Tag nicht, wie es eigentlich das Vorhaben gewesen war, zumindest bis Frankfurt, wo sowieso der Schriftsteller B. zusteigen sollte, Offiziersskat gespielt hatten, sondern nur auf der kurzen Strecke von U. bis Hannover. Es war ja auch ein unglaublicher Zufall, dass dort in Hannover, weil er am Abend zuvor eine Lesung in der Stadt gehabt hatte, der österreichische Dichter H. C. A., mit dem mein Vater nicht nur seit Jahren befreundet war, sondern mit dem gemeinsam er auch schon mehrere Bücher gemacht hatte, ausgerechnet in unseren Zug eingestiegen war, und obwohl H. C. A. eigentlich viel lieber zu seinen Lesungen flog, als ständig in diesen lahmarschigen Zügen zu sitzen und dabei immer in die gleichen öden Landschaften zu blicken, war das heute eine große Freude. Es kam ja nur noch gelegentlich vor, dass man auf diesen Reisen Spaß hatte, und selbst die Lesungen strengten ihn mittlerweile an, und manchmal fragte man sich auch, ob es sich überhaupt lohnte, was sie einbrachten, und auch mein Vater, selbst wenn es ihn nicht überraschte, war entrüstet über die Summe, die H. C. A. für den gestrigen Abend bekommen hatte, und obwohl mir diese Summe sehr hoch erschien, war sie, gemessen an dem, wer er war, natürlich viel zu gering, und statt in einem Flugzeug über den Wolken oder in einer goldenen Kutsche über prächtige Alleen dahinzugleiten, saß er jetzt in diesem grauen Abteil und trank diesen immer gleichen widerlichen Kaffee, und als dann in Frankfurt wie verabredet der Schriftsteller B. zu uns ins Abteil kam, da war auch er überrascht und erfreut, den Dichter H. C. A. zu sehen, und wie mein Vater es bereits zugesagt hatte, so sagte auch er jetzt zu, am nächsten Abend zu der Lesung zu kommen, die der Dichter H. C. A. dann in Wien hatte. Da ich sowieso noch genügend Zeit in der Werkstatt verbringen würde, in der mein Vater mit seinem Drucker die Woche über seine neuen Radierungen auszuarbeiten hatte, war dann auch fast noch gleichzeitig ausgemacht, dass ich den morgigen Tag mit B. verbringen sollte, weil der wiederum seinen Vortrag an der Universität erst am Tag danach zu halten hatte, und wenn das natürlich eine gute Idee war und ich B. ja auch seit Langem kannte, so weckte die Vorstellung, mit ihm einen ganzen Tag zu verbringen und über diese ganze Zeit hinweg mit ihm so etwas wie eine Unterhaltung zu führen, doch ein beklommenes Gefühl in mir, und wenn es mir bisher nicht gelungen war, in das Buch hineinzufinden, das ich vor meiner Nase hielt, so gelang es mir ab diesem Moment noch weniger. Dabei hatte ich mich so auf dieses Buch gefreut, und die Geschichten von Edgar Allan Poe hatten ja auch allesamt tolle Titel. Nur verlor ich mich immer wieder in den langen, wortreichen Sätzen, und dann musste ich dazu noch die ganze Zeit an diese beiden Arbeiten denken, und nur damit es aussah, als würde ich lesen, hatte ich im Zug immer mal wieder umgeblättert, und der Dichter H. C. A. hatte ja auch gesagt, dass dies eine Literatur sei, die man lesen müsse, und als B. mich am nächsten Vormittag aus dem Hotel abholte, da wurde er von einem zweiten Schriftsteller begleitet, der sich bereits gut in Wien auskannte, und aus den Vorschlägen, die dieser machte, durfte ich mir einen aussuchen. Natürlich wollte ich in die Katakomben vom Stephansdom, in die Stadt der Toten, und das war auch die beste Wahl gewesen, und dass jeder dieser blanken

Totenschädel, die uns dort anstarrten, zu seiner Zeit ganz ähnliche Gefühle und Gedanken gehabt hatte, wie sie auch heute noch jeden von uns dreien zu beinahe jeder Sekunde umtrieben, war eigentlich eine ganz logische Vorstellung, denn am Ende waren es immer nur die Vorzeichen, die sich änderten, und obwohl ich an diesem Tag nur selten an meine Arbeiten denken musste, kamen die Worte auch deshalb viel leichter aus mir heraus, als ich erwartet hatte, weil ich jetzt auf das Gymnasium ging, und nach den Katakomben waren wir dann noch die unendlich vielen Stufen des Stephansdoms hinaufgestiegen, und während wir von dessen Höhe aus die Sicht über Wien genossen, sagte B., dass es ihn auf solchen Plattformen immer hinabziehe, so, als wäre dort unten auf dem Pflaster ein Magnet, der nur auf ihn ausgerichtet wäre, und weil ich in diesem Moment etwas sehr Ähnliches gedacht hatte, war auch dieses Gefühl eines, das ich mit ihm teilte, und als wir dann später durch die Straßen liefen, da schien es mir, als sei mein Schritt schon sehr viel fester geworden, und weil gerade die älteren Wiener noch wie verkleidet schienen, unterschieden sich hier auch die Generationen noch mehr als bei uns, und das Wiener Schnitzel schmeckte eigentlich überall gleich, und als wir dann am Abend zu der Lesung von H. C. A. kamen, waren wir bereits spät dran, und alle Plätze waren besetzt. Da die Lesung in einem Kellergewölbe stattfand, standen wir oben auf der Treppe und blickten auf Publikum und Autor hinab, und von dort unten nickte mein Vater zu uns hinauf, und als dann die Lesung begann, da entfuhr uns dreien hier auf der Treppe fast gleichzeitig mal ein Lächeln und dann wieder ein nachdenklicher Blick, so, als hätte uns dieser Tag, fern von den anderen dort, ein Stückchen weit zusammengeformt, und gerade dass es mir nicht wirklich gelungen war, zu erzählen, wovon meine Geschichten handelten, war in Wahrheit ein gutes Zeichen, denn das durfte man selbst gar nicht zu genau wissen, und wenn B. an der Universität über sein Schreiben sprach, dann fragte er sich manchmal inmitten seines eigenen Vortrags plötzlich selbst, was das, was er da erzählte, mit seinem Schreiben eigentlich zu tun habe, und das ging auch seinem Kollegen so, mit dem ich, wenn auch nur lose, für meine Zeit in Wien eigentlich noch mal verabredet war, aber das würde vermutlich nicht mehr klappen. Wir waren ja auch nur noch einen Tag hier, und am Morgen danach ging es dann in aller Frühe nach Hause, und weil es mir vielleicht nie gelingen würde, richtige Bücher zu lesen, hatte ich mich auch heute Abend auf mein Buch von Edgar Allan Poe nicht konzentrieren können, und wie in den Nächten davor, konnte ich auch heute wieder nicht einschlafen. Dabei war es bereits weit nach Mitternacht, und da er immer so schnarchte, musste ich es unbedingt schaffen, einzuschlafen, bevor mein Vater kam, und richtig nett war auch die Frau des Druckers, und gerade wusste ich auch gar nicht mehr, welches Wort es eigentlich war, das ich die ganze Zeit suchte, und dann wollten sie und ich morgen noch ins Aquarium gehen, und sowohl der Drucker als auch sie hatten beide zuerst nur die Volksschule absolviert. Aber natürlich war es besser und auch für die Zukunft viel einfacher, gleich auf das Gymnasium zu gehen. Nur musste ich dafür zuerst diese scheiß Probezeit bestehen, und wenn ich da durchrasselte, würde ich direkt auf die Hauptschule kommen, und auch die müsste ich ja dann noch bestehen, und weil ich zum Beispiel gegen Atomkraft war, war auch klar, dass ich es dort viel schwerer haben würde als auf dem Gymnasium, und eben weil ich so streng gegen Atomkraft war, lief ich auch ganz anders rum als die Hauptschüler und guckte andere Sachen im Fernsehen und hörte ganz andere Musik, und wenn es einen Moment auf dieser Reise gab, der noch toller als alle anderen war, dann war es der, als der Drucker zu mir sagte, ich könne mir, weil er keine Lust mehr habe, sich dieses Zeug anzutun, von dem Schallplattenstapel so viele aussuchen, wie ich wolle, und das war ja alles richtige Rockmusik, und von den insgesamt vierundzwanzig Schallplatten hatte ich dann auch nur sechs anstandshalber stehen gelassen, und selbst das war mir schwergefallen, und obwohl meines schon ziemlich zerkratzt war, gehörte auch das *Blaue Album* von den Beatles zu diesen sechs Schallplatten, die sich jetzt nicht in meinem Besitz befanden, und im Gegensatz zu den anderen, die ich nicht genommen hatte, war ich bei diesem fast stolz, dass ich es hatte stehen lassen können. Dieses Album war ja auch das einzige, dessen Cover ich in- und auswendig kannte, und im Vergleich zu diesem schienen mir die anderen Cover auch viel aufregender und wilder, diese vielen kräftigen, langhaarigen, jungen Männer, die entweder von der Vorder- oder der Rückseite der jeweiligen Hülle ernst zu einem hinblickten. Auch heute, als mein Vater, bevor er in die Kneipe ging, mich abgesetzt hatte, konnte ich kaum davon ablassen, hier im Hotelzimmer die Schallplatten um mich herum auf dem Boden zu verteilen und in eine Reihenfolge zu bringen, in der ich sie dann zu Hause hören wollte, und natürlich würde ich auch L. und K. sofort von ihnen erzählen, und ob M. auch solche Musik mochte, wusste ich nicht, aber vielleicht konnte ich ihr ja beibringen, auch solche Musik zu hören, und wenn ich überhaupt noch jemandem auch von diesem anderen Erlebnis erzählen konnte, dann sowieso nur L. und K. Vielleicht war aber auch das keine gute Idee, und vielleicht würde ich es schon selbst bald wieder vergessen haben, weil ich ja schon heute sehr viel weniger daran denken musste als noch gestern, und dann hatte ich auf Anraten meines Vaters den Kopf meist gesenkt gehalten und hatte auch nicht viel gesehen, weil wir so weit hinten gesessen hatten, und mehr als ein paar Minuten waren wir auch nicht dort drinnen gewesen, und es war ja auch meine Idee gewesen, dass ich mir die ganze Zeit über und auch schon an der Kasse die Hand vor den Mund gehalten hatte, damit jeder denken konnte, ich hätte bereits einen Bart. Aber natürlich hatte ich dann doch etwas gesehen, dieses lebendige Paar, das da nackt auf der Bühne aufeinandersaß und sich, die Köpfe nach hinten geworfen, träge hin und her bewegte, und zu seinem Drucker hin hatte mein Vater gewitzelt: *Doller, doller*, aber er hatte es ganz leise und verhalten gesagt, und auch das war eine Geschichte, die ich bereits kannte, denn als mein Vater mal mit seinen drei Künstlerkollegen in einer ähnlichen Bude in Hamburg gewesen war, da hatten sie es alle zusammen gerufen, und weil sie damit, auch nachdem sie ermahnt worden waren, einfach nicht aufgehört hatten, waren die Türsteher gekommen und hatten sie von ihren Sitzen getrieben, und sie mussten über die Bühne fliehen, und nur der Kleinste, weil er zuvor schon auf seinem Platz eingeschlafen war, kam nicht richtig hinterher und wurde deshalb auch als Einziger von ihnen eingefangen, und damit die Türsteher ihre Drohung nicht wahr machten, ihm mit ihrem Totschläger sämtliche Zähne aus der Fresse zu schlagen, hatten die anderen, bevor sie dann zu viert wieder in der Nacht verschwanden, ein Lösegeld für ihn zu zahlen – und als ich gestern aus der Bude in den kühlen Abend trat und um mich herum die vielen Karusselle auf dem Prater blitzten, da füllte der erste Atemzug meine Lunge so frisch mit Luft, als hätte ich dort drinnen vorher nicht ein einziges Mal geatmet, und dann lachte der Drucker auf, und mein Vater sagte, dass ich nun die Hand wieder von meinem Mund nehmen könne, und weil ich wahrscheinlich gerade an ihn dachte, hörte ich jetzt auch, wie sich die Tür öffnete, und schnell warf ich mich auf die Seite und tat, als ob ich bereits schliefe, und dann ging das große Licht an, und ich hörte, wie er noch mal vor die Toilette trat, und dann ging das große Licht aus und die kleine Lampe an seinem Nachttisch an, und unser Doppelbett knarrte, als er sich neben mich legte, und nun griff er auch wieder nach seinem Buch, nach dem er schon in den Nächten davor immer gegriffen hatte und das trotzdem jeden Morgen auf derselben Seite aufgeschlagen war, und auch heute war mir, als könnte ich fühlen, wie es bereits wieder neben ihm hinsank, und während ich die Augen erneut öffnete und auf die Wand starrte, fand sich im Rhythmus seines Atmens, gleichsam wie durch Zauberhand, auch dieses Wort wieder ein. *De-scribe*, *de-scribe* – und das war Englisch und hieß *beschreiben*.

* Der Autor ist sich bewusst, dass in diesem Buch einige diffamierende Wörter verwendet werden, die aber allein den Umständen im Text und der damaligen Zeit geschuldet sind.